BORDER

小説：古川春秋
原案：金城一紀

角川文庫
18411

プロローグ

比嘉《ひが》ミカは目の前の女性の顔を窺《うかが》うために、その場にしゃがみ込んだ。

彼女の瞳《ひとみ》を見つめる。虚《うつ》ろな瞳はどこを見ているのか、焦点が合っていない。座高から、比嘉と同じくらいの身長なのだろうと察する。髪は胸の辺りにかかる長さで、少しだけ茶色がかっている。毛先の揃い具合や染色の状態から、おそらく先週末に美容院に行ったであろうことが推測できた。

〈いい髪色ね。私も実は、髪染めでもしようかと思ってたところなの〉

比嘉は心の中でつぶやく。比嘉の髪は耳がかろうじて隠れるほどの長さで、生まれてから一度も染めたことがない。漆黒の髪は祖母譲りらしく、ことあるごとに母親が「ミカはおばあちゃん似よね」と言っていた。記憶の中の祖母は白髪まじりの色黒の老婆で、お世辞にも似ているとは言い難い。だが、祖母に似ていると言われると嬉《うれ》しかった。

傍らに落ちていた彼女のパスケースを手に取る。免許証と保険証、社員証と定期券が入っている。冨田《とみた》彩女《あやめ》、二十六歳。新興のＩＴ企業の社員らしい。免許証の写真と目の前の冨田の顔を見比べる。写真よりも実物の方が数段かわいらしい。

〈写真写り良くないね、気にしてたのかな〉

比嘉はまた、心の中で語りかけた。

「これはまた、ひどいな」

聞き覚えのある声がした。比嘉はため息をつき、振り返る。捜査一課の立花雄馬《たちばなゆうま》だ。

比嘉はまた、目の前の冨田に視線を戻す。

彼女の喉《のど》から腹にかけ、ぱっくりと切り裂かれていた。傷の間から赤黒い臓器が見えている。彼女が座る腰の辺りは一面血の海になっていた。呼吸をすると、生臭い血の臭いが鼻腔《びこう》一杯に広がる。だが、比嘉はそれを不快だとは思わない。殺人現場はもはや日常の一幕でしかない。それを検視官としての仕事に慣れたと喜ぶべきなのか、人間として大事なことを忘れてしまったと悲しむべきなのか。比嘉はその問いに、うまく答える自信がない。

比嘉は臨場する度、相対する死者からその声を聴き取ろうと努力する。現場、遺留品、死体の状況を調べ、その結果から事件の詳細を明らかにする。死に至る過程で、彼らは一体何を考え、何を思い、何のために殺されたのか。それを知りたいと思っていた。比嘉は比喩《ひゆ》的な意味ではなく、本当に死者の声を聴きだそうと試みていた。大好きな祖母がユタだということも影響しているのかもしれない。

比嘉の祖母は現役のユタで、依頼があれば死者の霊魂を自分の身に宿らせ、その声を代弁する、ということを生業《なりわい》にしていた。母の実家である沖縄に里帰りした際、比嘉は何度かその光景を目撃している。実の娘である母はそれを「儀式みたいなものよ、儀式。まあ、嘘とは言わないけど」と半ばあきれた様子で比嘉に説明した。だが比嘉はそんな祖母に憧《あこが》れ、いつか自分も死者の声を代弁できるようになるのでは、と幼い頃からずっと夢見ていた。

ユタとは沖縄と奄美《あまみ》諸島に伝わるシャーマン・霊媒師で、霊をその身に憑依《ひょうい》させたり、神の声を代弁したり、霊的なアドバイスを施すことを生業にする者たちの総称である。もちろん、科学的な根拠はないのだが、祖母を見ているとあながち嘘ではないことがわかる。

祖母の元には県内の実力者や政治家、中には海外から遠路はるばるアドバイスを受けに来る著名人も多くいた。祖母はその誰にも平等に応対し、誰も差別せず、依頼を受けた順番にお告げをしていた。

「おい、聞いてるのか？　無視するんじゃねえよ」

立花が、死体を眺めながら偉そうに言う。

「私に話しかけてたの？　独り言だと思った」

比嘉は肩越しにそう言うと、はぁと大きなため息をついた。

立花雄馬、三十一歳。身長は百八十センチ台半ば、スーツの上からでもわかるほど、体を鍛え抜いているのがわかる。分厚い唇を尖《とが》らせ、彫りが深い顔に、猛禽《もうきん》類のような鋭い眼光を持つ。

立花は何かにつけ、比嘉につっかかってくる。女性で年下の比嘉が、自分よりも階級が上なのが気にいらないのだろう。立花の実家は筋金入りの警察一家らしく、父も祖父もそのまた父も警察官だという。比嘉にはおおよそ信じられない家系に生まれた、警察界のサラブレッドだ。

「鑑識なら警視庁のジャンパーをちゃんと着ろ。そんなにおしゃれが大事か」

立花は、背に「警視庁」と白文字で書かれた青色のジャンパーを手にしていた。比嘉はあきれてものも言えない。今、考えなければいけないのは目の前の彼女についてだ。私の服装など、取るに足らない些細《ささい》なものだ。

「だからさ、いつも言ってるでしょ？　別におしゃれがしたくてその青ジャンパーを着ないんじゃないの。ダサイから着たくないの。そんなの着るくらいなら、この仕事辞めてやるわ」

比嘉はいつもの台詞《せりふ》を言い放つ。

「んな……」

立花は、分厚い唇を戦慄《わなな》かせる。

「相変わらず仲がいいな」

周りの鑑識係員達が比嘉と立花のやりとりを呆然《ぼうぜん》と見守る中、石川安吾《いしかわあんご》が立花の言葉を遮って現れた。立花と同じ警視庁捜査一課の刑事だ。背丈は立花と同じ位で、整った目鼻立ちをしているが、何を考えているのかわからない節がある。石川はあきれたような表情を見せたあと、すぐに冨田の死体に視線を移す。石川は一瞬で険しい顔つきになった。

石川は四ヶ月前、ある事件に巻き込まれこめかみに銃弾を受けた。その後、五日間生死の境を彷徨《さまよ》い、つい一ヶ月程前に現場に復帰した。一度、担当医に言って石川のX線写真を見せてもらったことがあるのだが、弾は奇跡的に脳を傷つけておらず、脳の中心部分の脳底動脈に留《とど》まっていた。手術で助かる可能性はおそらく十%程度、だが手術を受けなければ銃弾が溶け出し、鉛中毒になる可能性がある。その場合、余命はもって一年ほどだろう。結果的に、石川は弾の摘出手術はせず、現場に復帰した。

石川が復帰してから、何度かこうやって現場で一緒になるのだが、他の刑事にはない何かを彼は持っていた。雰囲気、佇《たたず》まい、存在感。言葉にすれば何ともありきたりになるが、それ以外に説明のしようがない。それは石川が元来持っているものなのかもしれないし、文字通り死線を越えてきた者にしか備わらないものなのかもしれない。

比嘉は常々、死と向かい合って来た。だが石川は死に直面している。この差は大きい。

人は死んだら一体どこに行くのか。肉体は魂の容《い》れ物であり、魂は肉体を離れたあと、天に召される。天に召された魂は、再びこの現世に舞い降りることはあるのだろうか。

ふと、その答えを石川なら知っているような気がして、何度かそれを訊《たず》ねてみたい衝動にかられる。だが、いつも決心がつかない。

比嘉は冷えきった体に触れる度に、死と自分との境界が希薄になっていくのを感じていた。それは徐々に、ゆっくりと近づいてくる。その境目が曖昧《あいまい》になり、自分の立ち位置がわからなくなることがある。だが、明確にその線は引かれていて、比嘉は決してその境界線を越えることはできない。その向こう側の景色を見ることはできない。だが石川は間違いなく、その境界線を越え、その向こうにある景色を見ているはずだ。

石川はしゃがみ込み、冨田の顔を覗《のぞ》き込んだ。鼻先が触れるか触れないかの距離まで近づき、じっとその瞳を見つめる。比嘉は辺りを見まわす。四十万平方メートル近くあるだだっ広い公園の片隅にある、公衆便所の裏だ。糞尿《ふんにょう》の臭いと、若い女性の血の臭いが入り交じった不快な臭いが鼻をつく。

「ご苦労様」

敬礼をしながら、体格のよい黒い背広姿の男が現れた。石川と立花の上司、班長の市《いち》倉卓司《くらたくじ》だ。ヘビのような目つきで強面《こわもて》だが物腰は柔らかく、刑事としても優秀な男だ。比嘉は彼が、嫌いではない。

「お疲れ様です」

立花と石川が一礼する。この二人でも、市倉には太刀打ちできない。

「ミカちゃん、状況教えて」

捜査一課の刑事と言えど、比嘉を下の名前でちゃん付けで呼ぶのは市倉くらいだ。

「被害者は冨田彩女、二十六歳。ＩＴ系の会社の技術者のようです。ポケットの中の定期入れに免許証と社員証が入っていました。死因は出血性ショック死、死斑《しはん》と死後硬直、血液の凝固の具合から、死亡推定時刻は深夜一時から二時の間だと思われます。致命傷は胸の刺切創で、傷口から察するに凶器は刃渡り三十センチ程の大型のナイフです」

「えぐいな」

立花がぽろりとこぼす。石川と市倉はじっと比嘉の言葉に耳を傾けている。

「犯人は正面から刺し、返り血を浴びながらもナイフを押し上げている」比嘉は手に持ったナイフを突き刺したあと、手首を返し左手を柄に添えて上に上げる仕草をする。

「犯人は被害者によほどの恨みを抱いていたか、あるいは」

「——あるいは？」

比嘉が言いあぐねていると、市倉が促す。比嘉はナイフを上に持ち上げた体勢から、元に戻る。

「ただ単純に若い女性を殺したかっただけ」

比嘉は冨田を見つめながらつぶやく。

「血を見たかった。女性の胸を刺して、そこから流れる血を見たかった。とても綺麗《きれい》だったから、浴びてみよう。もっと血を噴き出させてやろう。そうだ、もっと斬り裂けばいいんだ」

石川が独り言のようにつぶやいた。比嘉の背中に、冷たいものが走る。

「——お前、何を言ってるんだ？」

立花が一歩あとずさる。市倉はじっと石川を見つめていた。

「いや、犯人が血を見たいっていうのなら、そんな心境だったのかなと」

場の空気の変化を感じたのか、石川が申し訳なさそうに頭を掻《か》く。

「怖いわ」

立花が言い捨てる。市倉は視線を富田に移した。

「これから指紋や足跡を調べます。詳しい検証内容は捜査会議までに明らかにし、報告させていただきます」

比嘉はそう言うと踵《かかと》をつけ合わせ敬礼する。

「ありがとうね、ミカちゃん」

市倉が笑顔で敬礼を返す。立花も先ほどの悪態はどこへやら、敬礼だけはきちんとする。石川は、死体の脇に突っ立ったまま、壁に向かって何やらぶつぶつと独り言をつぶやいているようだった。比嘉はそのまま踵《きびす》を返し、現場をあとにする。

現場保全の「立ち入り禁止」のセキュリティテープを胸で切る。

「ちょ、あ、あー」現場を警備する制服警官が嘆く。「もー、何するんスか」

見た目は至極真面目そうな警官なのに、言葉遣いが悪い。比嘉は謝罪の意味を込め、軽く手を挙げる。

比嘉は「立ち入り禁止」という言葉が嫌いだった。人は何にでも線を引きたがる。線を引くことで自分の領域とそれ以外の領域を区別する。その領域内に自分がいるということで、人は安心できる。だが、真実はいつも自分の側にあるとは限らない。むしろ、自分の範疇《はんちゅう》の外にあることの方が多い。だが、自分が踏み込めない領域など、ないはずだった。あればそれを越えて行くまでだ。

比嘉はふと、空を見上げる。夜明け前、最も闇が深い時間帯。冬の寒空は分厚い雲に覆われ、星は一つとして見えない。

1

「ああ、くそ」

ハンドルを握る立花雄馬が、苛立《いらだ》ちを隠す様子もなくつぶやいた。大粒の雨がフロントガラスの視界を滲《にじ》ませる。立花は自然と前屈《まえかが》みになり、慎重にアクセルを踏みつける。昨夜から降り始めた豪雨は、間断はあるものの朝になっても降り止まない。車に叩《たた》き付ける雨音がうるさい。

石川安吾は助手席で立花の愚痴と雨音をBGMに、出勤途中に買った週刊誌をパラパラとめくっていた。「豊島《としま》区撲殺事件、加害者の両親が自殺未遂」「与党総裁候補にこの三名」「生田議員に不正献金疑惑、国会大荒れ」「今、GPSストーカーが増加」「厚労省のデータベース、ハッキング被害に」といった数々の見出しが紙面に躍る。石川はその一つ一つを流し見る。

「たとえジャンケンでも、お前に負けるとハラワタが煮えくり返る」

殺人事件の一報を受け、警視庁で待機していた石川と立花は駐車場に駆けつけた。車の正面で助手席を巡り口論した後、どちらが運転して行くかをジャンケンで決めた。負けた立花は心底悔しかったのか、その場で叫び声を上げた。通りすがりの婦警が、奇異なものを見る目でこちらを見つめた。

立花はなにかにつけ、石川と張り合おうとする。歳は同じ三十一歳、階級も同じ巡査部長、同じ捜査一課の同じ班だからだろうか。石川が捜査で単独行動をとろうものなら「手柄を独り占めしたいのか」と嫌味を言われ、それでホシを挙げようものなら「どんな汚い手を使った？」と疑われる。他の刑事にも同様のことをやっているかといえばそうではなく、上司や年上の人には礼儀正しく、後輩には頼りがいのある男であるらしい。


以前、酒の席で立花が愚痴っていたことがある。

「ひょっとしたら、俺が捜査一課に入れたのはコネなのかもしれない」

立花が虚《うつ》ろな目をしながら、不安そうにつぶやいた。乾杯のビールのあと、ずっと芋《いも》焼酎《じょうちゅう》のお湯割りを呑《の》んでいた。

聞くと、立花の祖父や父も警察官、親戚《しんせき》も警察官ばかりで警視庁内部にもかなりの数の血縁者がいるらしい。その中で警察内部に権力を持つ誰かが、立花を捜査一課に引き上げてくれたのかもしれない、と思い込んでいるようだった。

「そんなことあるわけねぇだろ。あるんだったらお前」班長の市倉卓司が真顔で言った。

「俺が捜査一課の課長になれるように取りはからえよ」

「いや、それは無理です」立花も真顔で返す。

「だよな」

市倉が笑いながら、隣に座る石川の肩を思い切り叩く。勢いで石川は手に持ったビールをこぼしそうになる。市倉の真意を汲《く》み取ったのか、立花は「押忍《おす》！」と大声で返事をした。廊下を通る店員がその声に驚いたのか、お盆に載せた料理を落とした音が聞こえた。


「おい、聞いてるのか」

立花がハンドルを叩く。小さくクラクションが鳴った。その音で、石川は現実に引き戻される。

「聞いてるよ」

「だったら何故、返事をしない？」

「どこでどう返事をすればいいんだ？　今のは独り言だろう」

「独り言じゃない。ちゃんとコミュニケーションをとれ」

「お前と正常なコミュニケーションをとる自信が、俺にはないよ」

石川は正直に答えた。喧嘩腰の相手とどう接すれば良好な関係が築けるというのだ。

「偶然だな、俺もそう思っていたところだ。気軽に話しかけるな」

雨音が車内に響く。ここまでいくと、逆に清々《すがすが》しさを覚える。

これ以上無駄な会話をしないよう、石川はオーディオのスイッチを押した。カーステレオから流れる曲に身を任せ、現場へと向かう。結局、視界不良のためゆっくりと車を走らせたので、予定よりも三十分ほど遅れて到着した。車を停め、後部座席に置かれたビニール傘に手を伸ばす。だが、傘は一つしかない。立花はそれを素早く手に取り、石川を見つめた。

「いいよ、先に行ってろ」

石川が促すと、立花は無言でそのまま外に出た。立花との相合い傘など、想像しただけで気分が悪くなる。石川は週刊誌を雨よけに、思い切って車外に飛び出す。三十メートルほど先にある高架下まで走った。

雨合羽《あまガッパ》に身を包む制服警官に形ばかりの敬礼を返し、セキュリティテープを潜る。高架下は高さ五メートル、長さ十メートルほどのちょっとしたトンネルのようになっていた。

壁は排気で汚れ、雨空ということもあるだろうが、薄暗い。蛍光灯は鈍い光を発し、ちかちかと点滅を繰り返す。

所轄の刑事と鑑識がすでに現場検証を開始していた。トンネルの中央に倒れる人影を中心に、人が集まり、カメラのフラッシュが焚《た》かれる。

先に進むにつれ、雨の匂いから小便と吐瀉物《としゃぶつ》の臭いが鼻をつき、急に生臭い血の臭いが石川を襲う。その発生源と思われる場所に、一人の女性が身を屈めていた。黒髪のシヨートカットで、着ている黒いスーツが肌の白さを際立たせていた。真剣な眼差《まなざ》しで横たわる死体をじっと見つめている。特別検視官の比嘉ミカだ。

「何でお前は鑑識のジャンパーを着ないんだ？」

立花が怒りを抑えきれない様子で、比嘉に言った。死体を観察していた比嘉は、聞こえるように大きなため息をついたあと、がっくりと肩を落とし、頭をわしゃわしゃと掻《か》いた。立ち上がり、振り返る。

「何度も言わせないで。あんなダサイもの、着れるわけないでしょう」

鑑識係員の視線が、一瞬にして比嘉に集まる。彼らはみな、同じ青いジャンパーを着ていた。

「捜査はチームプレイだ。服装も統一できないような奴に、関わって欲しくない」

「それはあなたの個人的な感情でしょう？　検視には何の影響もないわ」

気怠《けだる》そうに比嘉が言い返す。

「女のお前に何がわかる」

「それ、ただの女性差別なんだけど。出るとこ出て、あなたを社会的に抹殺してみせようか？」

比嘉が一歩前に出て、立花を睨《にら》みつける。立花はその迫力に気圧《けお》されるも、負けじと一歩前に出て一触即発の状態になる。石川は頭を掻く。

「相変わらず、仲がいいな」いがみ合っている二人に、石川は言った。「いっそのこと、付き合っちゃえよ。お前らどうせ、忙しくて出会いがないだろう。職場内恋愛もいいんじゃないか？」

立花は頬を赤らめ、口をぱくぱくとさせる。比嘉は冷徹な眼差しを石川に向けた。石川は二人の間に割って入り、正面の死体と対面する。しゃがみ込み、死体の顔をじっと見つめる。血の臭いが強くなる。高そうな背広は汚れ、おそらく白であったYシャツは血で赤黒く染まっている。上着にはいくつもの刺創があり、胸やみぞおち、腹など、少なくとも三十カ所以上を刺されていた。雨音が遠くに聞こえる。合間にフラッシュが焚かれ、カメラのシャッター音がトンネル内に響く。

顔を見る。髪は黒々としているが顔の皺《しわ》から歳は五十代半ばくらい、血痕《けっこん》がついた右の頬には等間隔で並ぶ三つの黒子《ほくろ》があった。それ以外、特徴がない顔つきだ。傍らに、レンズが割れた眼鏡が落ちていた。

「おい、検視結果を報告しろ」

立花が石川の側に立ち、比嘉に命令する。

「私、あんまり階級社会とか好きじゃないから別にタメ口でいいんだけど、こうも頭ごなしに命令口調で言われると流石《さすが》にイラっと来るわね。私のほうが階級が二つも上だってこと、忘れないでね、立花巡査部長」

比嘉は立花に向き合い笑顔で答えるも、こめかみの辺りがぴくぴくと痙攣《けいれん》を起こしていた。確かに、比嘉は立花や石川よりも階級が上の警部だ。警察組織の階級は絶対なので、立花の比嘉に対する態度は問題ではある。

「以後、気をつけます」

立花は眉間《みけん》に皺を寄せ、怒りを嚙《か》み締めるようにして、比嘉を睨みつける。その態度を、比嘉は満足そうに眺める。

「市倉さんが着いたら検視結果を報告するわ」

「呼んだか？」

タイミングを見計らっていたかのように、市倉が現れた。爬虫《はちゅう》類のような冷たい眼差しを周囲に向けたあと、石川と立花をじっと睨みつけた。市倉に気がついた二人は、軽く頭を下げた。

「道が混んでてな。遅れてすまない。で、ミカちゃん、マル害の見立ては？」

ミカちゃん、と呼ばれた比嘉は顔を赤らめながら「その呼び方は止めてください」と言った。一度、立花がからかい半分で「ミカちゃん」と呼んだことがあったのだが、その時は比嘉の蹴《け》りが立花のみぞおちを直撃した。

「身元がわかるものはまだ見つかっていません。死亡推定時刻は昨夜零時頃、背中を鋭利な刃物で刺されたあと、胸や腹部など計三十七ヵ所を刺され絶命したと思われます。刺創から凶器は刃渡り二十四センチの和包丁だと推測できます。先程、現在市販されている包丁の洗い出しを依頼しました」

雨水はトンネルの中央にまで滲《し》み、所々に小さな水たまりができあがっていた。これでは、足跡《そくせき》を取るだけでも大変だろう。

「争った形跡はありません。顔見知りの犯行の可能性か、もしくは通り魔的犯行か。どちらにしろ、被害者が抵抗した様子が見受けられません」

比嘉は被害者の死体を見つめて言った。

石川が瞬《まばた》きをすると、一瞬だけ目の前が曇る。何度か瞬きを繰り返すと、視界が元に戻った。背中に寒気を感じた。

石川はその場で深呼吸をする。辺りを見渡すと、トンネルの入り口付近で、捜査員にまぎれ場違いなサラリーマンが立ち尽くしていた。石川は引き続き検視結果を報告する比嘉を気にかけつつも、サラリーマンの元に向かう。石川の存在に気がついたのか、男は不安そうに石川を見つめる。石川はじっとその男の顔を観察する。右頬に等間隔で並んだ黒子が三つあった。

ポケットの中に忍ばせているジッポーを強く握りしめる。石川はサラリーマンの正面に立ち、周囲に聴き取られないよう、小声で囁《ささや》いた。

「あなたを殺したのは誰ですか？」

2

「まず、被害者の身元が判明したので報告する。被害者は品川にある建設会社、株式会社桐生建設の営業部部長、大林智志《おおばやしさとし》、五十五歳。現場付近に捨てられていた被害者のバッグと思われるものの中から免許証と歯科の診察券を発見、カルテで歯形の一致を確認した。また被害者の家族に連絡をし、妻の大林千鶴《ちづる》に遺体の確認を依頼したところ、本人で間違いないという報告を受けている」

午後、犯行現場の所轄である久松《ひさまつ》警察署に、捜査本部が設けられた。石川は市倉の指示のもと、立花らと共に現場の地取り捜査を行った。目撃者がいないか、現場付近に犯人が潜伏していないか、遺留品はないか。二人は付近のマンション、店舗を回り目撃証言を得ようと躍起になるも、まったくといっていいほど情報があがってこなかった。

隣に座る立花は被害者の情報を一言一句聞き漏らすまいと、メモ帳に書き留めていた。石川は頭の中にインプットする。自分では決して頭がいい方だとは思わないのだが、不思議と事件についての情報はすっと頭に入り、記憶される。覚えた内容は、事件解決後も決して忘れない。

「続いて、司法解剖の結果を、比嘉警部、お願い致します」

前方に座る管理官が促すと、比嘉が立ち上がった。本庁の人間は周知済みだが、所轄の刑事達が案の定、ざわついた。無理もない。検視官は通常、警察大学校で法医学を学んだ十年以上のキャリアの刑事で、警部もしくは警視以上の階級の者が指名される。しかも比嘉は司法解剖もこなす特別検視官だ。所轄の人間も、最近導入された特別検視官制度の噂は聞き知っているだろうが、まさかこんな若い女性が就いているとは思ってもみなかったのだろう。

比嘉が特別検視官だと知った時、石川も彼らと同じような反応をした。黒髪ショートカットで大きな瞳《ひとみ》を瞬かせた、女子大生のようにも見える若い女性が、捜査の鍵《かぎ》を握る検視官に就いているのだ。自分の刑事という仕事を馬鹿にされたような、そんな印象を受けるのも仕方がないことかもしれない。

だが、これまでに何度も比嘉と現場を共にしてきた石川が、確実に言えることがひとつだけある。それは、彼女の目利きは恐ろしく正確だということだ。比嘉は現場の経験則に基づいた検視ではなく、医学的根拠に基づいた検視を行う。通常の検視官では不可能な領域だ。彼女が検視官でなければ、闇に葬られた事件は一つや二つではない。

「静かにしろ！」

前に座る管理官が大声を張り上げる。室内は一瞬静かになるも、ざわつきは収まらない。

「検視及び司法解剖を務めました、警部の比嘉です」

比嘉は場の空気に動じることなく、マイクを持って一礼する。デスクに用意されたパソコンを操作すると、前方に置かれた大型の液晶画面に現場の写真が映し出された。比嘉は複数の写真を使いその状況を説明する。続いて、画面は解剖台の上でうつ伏せにされた大林の背中のアップに切り替わる。

「背中と胸部、腹部は全て同一の刃物で刺されていました。刺創から、すでに凶器を特定しています」

液晶画面の写真がまた切り替わる。どこにでも売っていそうな和包丁だ。

「傷口や傷の深さから、凶器は画面に表示された、刃渡り二十四センチの和包丁の可能性が高いとみています。また、刃物の入射角度から、身長百六十センチ前後の人物が刺したものと想定されます。それから、傷の深さと皮下組織の損傷具合から推察するに、犯人は背中を思い切り刺したあと、胸や腹等の前面はためらいながら刺し、次第に強く、深く刺していくという情緒不安定さも見られます。

また、通常は考えにくいのですが、傷口の分析結果から、犯人は二度にわけ、被害者を刺しています。一度目は背中を刺し倒れ込んだ被害者の胸や腹を計三十回、その後、少なくとも絶命した三十分以内に、犯人は被害者をもう一度刺しに来ています。行動理由を考えるに、三十回以上も刺しておきながら、死んでいるのかどうか不安になり、もう一度とどめを刺すべく戻って来た、もしくは何らかの理由でもう一度被害者を刺さなければならなかった、という二通りのケースが考えられます」

捜査員の一人が手を挙げた。年配の刑事だ。背は小さいが肩幅が広く、貫禄《かんろく》がある。確か所轄の警部補、泉谷《いずみや》だ。比嘉は泉谷に向かって、「どうぞ」と促す。泉谷が立ち上がる。

「お初にお目にかかります。早速ですが、質問です。比嘉警部の話を総合すると、犯人は身長百六十センチ前後、凶器は和包丁で、一度刺し殺したあと、念のためにもう一度とどめを刺しに戻った。犯人は小柄なビビり、という線で問題ないでしょうか」

「おっしゃる通りですが、決めつけないでいただきたいです。選択肢は複数存在します。私はあくまで可能性の……」

「比嘉警部、実際に捜査する我々の立場になって考えてください。選択肢を絞り込むのが、検視官の職務ではありませんか？　可能性がある？　想定する？　もう少しはっきりした材料を用意してもらえないですか？　特別検視官だというから期待していたのに、これじゃあ普通の検視官と変わらないじゃないか」

泉谷が言い放つ。場が静まり返る。泉谷は新人いびりで有名な刑事だ。特に本庁の経験が浅いエリート候補をいびるのが好きで、石川も何度か、泉谷が捜査会議で若手刑事を糾弾し、自信を喪失させる場面を見てきた。

公安上がりで抜け目がない刑事だと市倉が言っていたことを思い出す。石川は泉谷のような男が好きではない。警察内部で争って何になるというのか。我々が戦うべき相手は別にいるのだ。隣に座る立花もイラついているのか、後ろを振り返り、泉谷を睨《にら》みつけている。

「——確かに、私は特別検視官ですが、だからといって犯人が即わかるというものではありません。スマートに事件が解決できないこともあるでしょう。私にできることは、死体を検分して、死者の状況を分析し、事件の可能性を提示することです。真実は一つですが、そこへの道筋は事件や状況に応じて千差万別です。私は事実を元に、可能性を全て洗い出します。あなた方捜査員は、その可能性を全て洗い直してくれればいいんです。私が示す道筋の中に、事件の真相へ向かう道筋があるはずです」

泉谷は黙って聞いている。比嘉が続ける。

「ちなみに、可能性をもう一つ。先ほど言ったこの刃物の入射角度は偽装できます。背の高い犯人が、身を屈《かが》め、かつ、力加減を考慮して被害者を刺せば同様の状態を作り出すことは可能です。この場合、犯人は情緒不安定ではなく、極めて狡猾《こうかつ》で計算された、明らかな計画的殺人だと断定できます。私にはそういった可能性の提示しかできません。それが真実であるかどうかは、あなた達捜査員が見極めてください。よろしくお願い致します。泉谷警部補」

泉谷は自分の名前を呼ばれ、はっと背筋を伸ばした。泉谷は先ほど名乗っただろうか。いや、名乗っていない。もしかして、という考えが脳裏をよぎる。まさか、所轄の刑事の顔と名前を全て覚えているというのか。石川はぞっとした気持ちになりながら、比嘉を見る。いや、彼女ならあり得るだろう。

正論を言われ、立つ瀬が無くなった泉谷はしぶしぶその場に座り込んだ。

「ご理解いただき、ありがとうございます。それでは、検視結果の報告に戻ります」

と比嘉が締める。

「あいつに口喧嘩《くちげんか》を挑むなんて馬鹿だな、勝ち目なんてあるわけないだろ」

立花が、腕を組みながらこぼした。それはお前の方だろう、とツッコミたくなるのを石川は抑える。

「そこ、何ですか？　質問があれば挙手をお願いします」

比嘉が立花を指差して言った。立花は即座に立ち上がり、「申し訳ございません」と頭を下げた。


合同会議終了後、石川ら市倉班のメンバーが市倉の元に集まる。

「捜査資料には全て目を通しておけ。我々は引き続き、現場付近の聞き込みと被害者遺族、関係者の聞き込みにあたる」

石川は手を挙げる。メンバーの視線が集まった。

「遺族への聞き込み、俺に行かせてくれませんか」

一瞬、間が空いたあと、立花も手を挙げた。

「俺も一緒に行かせてください」

立花はちらりと石川を見たあと、市倉に視線を戻した。

「——遺族の前で喧嘩すんじゃねえぞ」

市倉が静かに言う。石川と立花は頷《うなず》いた。それから、市倉は残りのメンバーを地域ごとに振り分け、散会した。

「どういうつもりだ？」

机の上で鞄《かばん》の中に書類を詰め込む立花に、石川は訊《たず》ねる。

「何が？」

「何で、俺と組みたがる」

「お前と組むのに理由が必要か？」

「俺は一人で捜査する。邪魔するな」

「おいおい。刑事は二人一組が基本だろ」立花が呆《あき》れ顔で言った。「お前と組む理由は一つだ。独断専行型のお前が暴走しないように、きちんと監視するためだよ」

「お前、そんなに俺のことが好きか？」

石川が真顔でそう言うと、立花が笑った。

「確率の話だよ、確率の。最近のお前の検挙率は目を見張るものがある。お前が現場に復帰して三ヶ月。その三ヶ月の間に、お前は九件のホシを挙げた。九件だぞ、九件？　信じられるか？」

「偶然だろう。たまたま、運が良かっただけだ」

「偶然だろうが何だろうが、九件の事件を解決したことは事実だ。お前と組んでれば、俺がホシを挙げる機会も増える」

「他力本願だな」

「効率的だと言え。それに」

「それに？」

「俺にはどうも納得できないことがある」

立花は刑事として優秀な男だ。九州は鹿児島、薩摩《さつま》の生まれで、学生時代は「学内ポリスメン」というあだ名がついていたらしい。彼はそれを誇らしく話していたのだが、それを聞いた比嘉が「何で複数形なのよ」とツッコミを入れていた。融通は利かないが、正義感が強い、生まれながらに警察官気質を持った男だ。それだけに、警戒しなければならない。立花は、石川がこれまで行った違法捜査の数々に気がついている節がある。

「どう納得できないんだ?」

石川が訊ねると、立花は顔を近づけて言った。

「教えねえよ」

しばらくの間、石川は立花とその場でにらみ合う。

「ちょっとどいてくれる?」

ドアの前に立つ二人の間に、比嘉が割って入った。二人を横目で見ながら「本当に仲がいいわね」と言って通り過ぎて行った。

3

大林のマンションに到着したのは、二十時を少し過ぎた頃だった。最近再開発された地域で、周囲には新築のマンションが立ち並ぶ。大林のマンションは築十年程で、周囲と比較すると見劣りはするが、それでもかなりの額はするマンションだと推測できる。

いくつ階級をあげれば、こんなところに住めるようになるのだろうかと石川は妄想するも、それが不毛だと気がつき、止めた。

エントランスで部屋番号を押す。しばらくして、インターフォン越しに声が聞こえた。

「夜分恐れ入ります。警察の者です。大林智志さんの件で、少しお話をさせてください」

立花が言うと、無言のままインターフォンが切られた。その後、静かにガラスのドアが開く。正面にあるエレベーターに乗り込み、「9」の数字を押した。

「遺体を確認したあと、大林千鶴はすぐに自宅へ戻った。特に泣き崩れるわけでもなく、淡々と手続きを済ませたらしい。怪しいと思わないか」立花が石川に言った。石川が無言のままエレベーターの階数表示を眺めていると立花は続ける。「余計な詮索《せんさく》を避けたんだよ、自分が犯人だと思われることを恐れ、急いで帰った」

到着音が響き、エレベーターの扉が開く。九階に着き、すぐに大林の部屋を見つける。

「それはお前の憶測だろう」

石川が言うと、立花が呼び鈴を押した。

「だが、可能性がないわけではない」

ドアが微《かす》かに開くと、二十代後半とおぼしき男性が隙間から顔を出した。石川は警察手帳を見せる。

「警視庁の石川です。大林さんのお宅ですよね。昨日亡くなった、大林智志さんについてお話を伺いたいのですが」

男が恐る恐るドアを開けると、その奥に女性が立っていた。

「大林の妻の千鶴と申します。こちらは長男の誠一《せいいち》です。心配して、今日は勤めを休んでくれたので」

「お邪魔して、よろしいでしょうか」

石川の脇に立つ立花がそう言うと、千鶴は「どうぞ」と頷いた。グレイのワンピースに紫のカーディガンを羽織った千鶴を見て、石川は「上品な良妻」という印象を受けた。

通された部屋は綺麗《きれい》に整理整頓《せいとん》されていて、室内は木目調の家具で統一されていた。促され、ソファに座る。

「外、寒かったでしょう。昨日からずっと雨が続いてるみたいだし」

千鶴がベランダを見つめながら言った。カーテンは開かれたままで、外の様子が見える。窓ガラスについた雨で、街の光が滲《にじ》んで見えた。

「さて、何の話をすればよろしいのでしょうか」

千鶴は毅然《きぜん》とした態度で石川達を見た。石川は一礼をして、淹《い》れてくれたコーヒーカップを手に取る。カップの温かさで、自分の手が冷えていたことに気がついた。千鶴の隣に長男も座る。石川が口を開きかけると、立花が体を前に乗り出して言った。

「ご主人についてですが」

「ああ、そうに決まってるわよね」

千鶴は右の手のひらを口に当てる。

「事件の前日、ご主人に何かおかしな点などはありませんでしたか？」

「おかしな点？」

「例えば、誰かから連絡があったとか、いつになくそわそわしていたとか」

千鶴は顎《あご》に手を当て、首を傾げて思案する。

「誰かに恨まれるようなことや、脅されていたとか、そういう話をお聞きになったことは？」

石川が補足する。

「――さあ、そういう物騒な話は、全く聞いた覚えは無いですが」

千鶴は困ったように首を反対側に傾けた。石川は長男に視線を移す。

「僕も、普段は横浜で一人暮らしをしているので」

長男は困ったように頭を下げる。

「仕事で悩んでいたとか、些細《ささい》なことでも何でもいいです。何か、最近のご主人について気になったことはないですか？」

「家では仕事の話はほとんどしたことがありませんでした。不景気で忙しいらしく、定時で帰ってくることはほぼありませんでしたが、遅くても二十二時には帰宅していました。ごく稀《まれ》に、休日にも会社や取引先の方とゴルフに出かけていましたが、本人も体を動かすのは好きな方なので、そんなに苦には感じていなかったはずです」

立花が目配せしてきた。石川は小さく頷《うなず》く。

「失礼ですが、ご主人の女性関係で、どこか怪しいところはありませんでしたか？」

「と、言いますと？」

「不倫関係にあった女性がいたか、否かです」

立花は直截《ちょくせつ》的な表現を使い訊《たず》ねる。千鶴は少しだけ驚いた様子だったが、コーヒーカップにひとくち口をつけたあと、言った。

「それを隠されていたとしたら、私、勘が鈍いんで気がつかないかも」

千鶴は息子の方を向いた。

「母さん」不憫《ふびん》に思ったのか、隣に座る長男が千鶴の肩を持つ。立花の方へ向き直り、「父が浮気をするなんて、そんなことあるわけないじゃないですか」と、怒りを込めた視線を浴びせた。

「すみません、一応、形式上確認することになっています。どこに犯人の手がかりがあるかわかりませんので」

石川が興奮する長男をなだめる。話を変えた方が良さそうだ。

「もうひとつ。現在、大きな借金はありませんか？」

石川が訊ねると、千鶴はしばらく俯《うつむ》いたあと、顔を上げる。

「一番の大きな買い物は、このマンションですね。二十年前に、ローンで。完済まであと数年残っていますが、私も働いていますし、何より今回、主人の保険金で完済できるある。


と思います」

　大林智志が保険に入っていたことは事前に調べていた。今回、彼が死亡したことで、二千万円の保険金が妻である千鶴の手元に入る。動機の一つとしては、あり得る話では
　立花が訊ねる。

「奥さんは昨夜、どこで何をしていましたか？」

「昨日は、学校でテストの採点をしていました」

「学校？」

「今、世田谷《せたがや》の高校で国語を教えているんです。大学受験を控えた生徒のために特別試験プログラムを組んでいて、最近では主人より私の方が帰宅時間が遅いくらいでした」

「恐れ入りますが、それを証明できる方はいますか」

「一緒に残っていた数学の仁科《にしな》先生という方がいるので、その人に確認してもらえれば」

「その仁科先生の連絡先をお教えいただけますか」

　立花がメモ帳にペンを走らせる間、石川は立ち上がり、長男に耳打ちをする。

「すみません。トイレ、貸してもらえませんか？」

「どうぞ。扉を出て、左手奥にあります」

　石川は軽く頭を下げ、廊下に出る。トイレに行く途中で、右隣のドアを開いた。後ろ

を振り返り、誰もいないことを確認してから、そっと部屋の中に入る。

中は六畳程の広さの書斎だ。奥に黒い木製の机と椅子が置かれ、右の壁一面には本棚が並んでいる。不意に父親の顔が脳裏に浮かんだ。十年ほど前に出た実家の、父の書斎と同じ匂いがしたためだ。石川は雑念を払うため、息を強く吐く。目を閉じた後開くと、目の前に大林智志が現れた。

「ここがあなたの書斎ですね」

石川が訊ねる。大林は頷き、周囲を見渡した。


昨日の殺害現場で、石川は大林智志と出会っていた。正確に言えば大林の霊魂、残留思念ともいうべき存在とコンタクトを取った。

石川は死者と交信ができる。実際に死んだ人の姿が見え、対話をし、意思の疎通が図れる。石川はこの能力を「コネクト」と呼んでいた。コネクトできるようになったのは、四ヶ月前の銃撃事件からだ。石川は事件に巻き込まれ、右のこめかみに銃弾を受けた。一度心臓が止まったあと、蘇生《そせい》処置を受けて生き返った。その後五日間、生死の境を彷徨《さまよ》い、奇跡的に一命を取り留めたが、銃弾は頭蓋骨《ずがいこつ》を半周して、脳の浅い部分、脳底動脈付近に留《とど》まったままだ。

入院中から、病院で亡くなった死者が見え始めた。刑事として復帰してからは殺害現場で死者と出会い続けるうちに、その能力は徐々に覚醒《かくせい》していった。最初は死者の姿も見たい時に見られなかったし、声を聴くこともできなかったのだが、死者との対面を繰り返すうちに、ほぼ自由に死者とコネクトし、対話をすることが可能になっていった。

　会いたい死者の顔を思い浮かべ、ラジオのチャンネルを合わせる要領でチューニングすれば、死者とコネクトができる。また、寒気のようなものを感じたあと、視界が滲み、突然彼らが現れることもある。


「それで、あなたの探し物はどこにあるんですか」

　殺害現場では動揺していた大林だが、徐々に状況を理解し始めたのか、冷静さを取り戻していた。

　石川が「あなたを殺したのは誰ですか」と訊ねると、「私のお願いを聞いてくれますか」と条件を提示された。それは、大林の自室であるものを手に入れて欲しいというものだった。

「そこの本棚を調べてください」

　石川は大林に言われた通り、壁際の本棚の前に立つ。小説や建築の専門書が数多く並べられていた。見ると小説は、五十音順に作家名で並べられている。几帳面《きちょうめん》な男だったらしい。石川は大林が指差す本を手に取る。建築学の、千ページ以上もある専門書だ。その最後のページに、銀色の鍵《かぎ》が挟み込まれていた。

「それです」

石川は大林の指示通り、黒い机の下に置かれたキャビネットに鍵を差し込む。軽くひねると、カチャリと音がした。

引き出しの中には、黒革の重厚な手帳が入っていた。それを取り上げると、その下に二つ折りになったメッセージカードと煙草ケース大の箱が収められていた。

「石川、何してる」

肩越しに声の方を見ると、部屋の入り口に立花が立っていた。石川は瞬時にカードと箱を上着の内ポケットに入れる。

「被害者の部屋を見ておこうと思ってな。そんなことより、もう聴取は終わったのか？」

石川は動揺を悟られぬよう平静を装いつつ、言い訳をいくつか考える。大林の姿はいつの間にか消えていた。

「そんなことより、ではないだろう！　石川ぁ、お前、ここで一体何をしてた？　この部屋に来ることが最初からお前の目的だったのか？」

立花が大声で叫んだ。

「声がでかい」

石川は人差し指を口元に当て、立花を睨《にら》みつけながらドアの方へ向かう。腕で立花を押しやり、書斎を出た。

「あの……、何か問題でも」

異変に気がついた千鶴が、リビングから顔を出した。石川はそっと、後ろ手で書斎のドアを閉める。

「いえ、特に」そう言うと石川はジャケットの襟元を正し腕時計に目をやる。「時間も時間ですので、今日のところはこれで。遅くまでご協力いただき、ありがとうございました」

石川は笑顔を作り礼を言うと、立花の肩を摑《つか》んで玄関へと向かった。

「おい、ちょっと待て。話はまだ……」

抵抗する立花の首根っこを摑み、力ずくで引っぱる。

「話は外で」

石川が小声でそう言うと、立花は舌打ちをし、しぶしぶ靴を履く。「それでは失礼します」と、足早に大林宅を後にした。

「お前、あの部屋で何をしてたんだ？　何か証拠となるものでも見つけたんじゃないのか」

エレベーターを待つ間、立花が石川に食って掛かる。証拠を独り占めしていると勘違いしているのだろう。石川はその問いには答えず、ただエレベーターの現在位置を示す電光掲示を見つめていた。

ゴン、と大きな音がした。見ると、立花が壁に拳《こぶし》を叩《たた》きつけていた。

「質問に、答えろ」

石川はため息をついた。この場をうやむやに切り抜けたとしても、立花にこんな態度を取られ続けたら困る。

「さっき言った通りだ。被害者の部屋を見ておこうと思っただけだ」

「何か手に取っていたように見えたぞ」

「あそこにいたのはほんの数秒だ。入ってすぐ、お前が来た。そんな暇はないよ」

立花が石川をじっと睨みつける。石川は目を逸《そ》らさず、その視線に応《こた》えた。

チン、と目の前のエレベーターの扉が開く。どちらからともなく、エレベーターに乗り込む。石川は「1」のボタンを押した。扉が閉まりかけた時、石川は体を横にして素早く外に出る。

「あ」

立花の素っ頓狂《とんきょう》な声が聞こえた。

「忘れ物を思い出した。先に行っておいてくれ。すぐに追いつく」

石川はエレベーターの中にも聞こえるよう、大きな声で叫ぶ。立花は扉の上部についたガラス窓から石川を睨みつけ、勢いよく扉を叩く。振動を感知して止まらないか心配したが、エレベーターはそのまま、降下し始めた。

石川は踵《きびす》を返し、もう一度大林宅の呼び鈴を鳴らす。すぐに扉が開いた。今度は千鶴が出た。ひょっとしたら、ドア越しに石川達の動向を気にかけていたのかもしれない。

「忘れ物ですか？」

千鶴は先ほどと変わらず、毅然《きぜん》としていた。彼女はおそらく、白だ。石川の第六感がそう告げる。

石川は内ポケットから、先ほど手に入れたカードと箱を千鶴に手渡す。

「こちら、ご主人のバッグから出てきた物です。本当は遺留品として保管すべきものなのですが、これは早めに奥さんに渡しておいた方がいいと思ったので」

千鶴は手に持ったカードを開く。

「今日が結婚記念日なんですよね、三十年目の。失礼ですが、カードの中身は確認させていただきました」

カードには「あなたのおかげで、三十回目の結婚記念日を迎えられました。今まで一緒に生きてくれてありがとう。これからも、よろしく」と、達筆な文字で書かれていた。大林の直筆だろう。次いで千鶴は黒い箱を開ける。千鶴の両手が震えた。

「覚えてるわけないって、思ってました。だって、去年の結婚記念日なんて、何にも、なかったんですよ」

千鶴は震えながら、箱の中の真珠のイヤリングを手に取った。涙声になり、静かにその場に座り込む。先ほどまでの気丈な振る舞いが嘘のように、千鶴は声を出して泣き始めた。その泣き声が耳に入ったのか、リビングから長男が様子を窺いに来る。

泣き崩れ震える千鶴の肩に、そっと手が置かれた。石川はその手の主を見る。大林が現れていた。大林は何か言いたげな様子で、千鶴を見つめている。その目には涙が溜《た》まっていた。死者も涙を流すのか、と石川は思った。

「今度は、私の言うことをきいてもらう番です」

石川は千鶴には聞こえないくらい小さな声で、囁《ささや》いた。

4

「ありがとうございました」

大林が、深々と頭を下げる。マンションを出てすぐの多摩川を、傘をさして眺めていた。立花はすでにいなかった。怒って帰ったのかもしれないが、石川にとっては好都合だった。

「死者はやはり濡《ぬ》れないんですね」

顔を上げた大林はどう反応したらいいのかわからない様子で、ただ眼鏡のブリッジ部分を人差し指で上げるだけだった。大林の髪は黒々としていて、清潔感があった。黒いステンレスのフレームの眼鏡はよく似合っていて、五十五歳という年齢にしては若々しく見えた。

雨が降る川沿いをゆっくりと歩く。街灯がない通りで、水たまりを避《よ》けて歩くのに苦労した。人通りは少ない。マンションからこの川沿いに来る途中までに、三人としかすれ違わなかった。

鉄道が走る高架下に入り、傘を畳む。雨宿りには持ってこいの場所だった。風が強いせいか、ホームレスもいない。冬の間、ここを寝床にするには無理があるのだろう。石川にとっては都合が良かった。

「すみません、また、高架下に来ちゃいました」

石川は場を和ませるつもりで言ったのだが、大林はぴくりとも反応しない。石川は咳《せき》払《ばら》いを一つし、本題に入ることにする。

「あなたを殺した犯人について、教えていただけますか」

殺した、のところで大林は石川を見つめた。バツが悪そうな表情を浮かべたあと、眼鏡のブリッジを上げる。

「――あんなことをお願いしたあとに申し上げにくいのですが、実は……」頭上で、列車が走る。轟音《ごうおん》が反響し、それ以外の音が一切聞き取れなくなる。一分ほどの間、列車は走り続けた。大林は列車が通り過ぎるのを待っているようだった。

「実は？」

沈黙のあと、石川が促す。大林がまた口を開く。

「実は、犯人がどんな人物か、わからないんです」

「――それは、覚えていない、ということでしょうか。見たのに、顔を忘れてしまった、とか」

「いいえ、正確に言えばよく見えなかった、という方が正しいです。気がついたときは背後に気配を感じて、背中が燃えるように熱くなって」

「よく見えなかったということは、少しは見えた、ということですか？」

「ええ。視界はぼやけていましたが……。背は、高かったと思います。黒いパーカーのフードをかぶっていて」

大林の身長は百七十八センチほど、決して、低い背丈ではない。

「私よりも高い、ですか？」

石川は痩《や》せてはいるものの身長は百八十四センチあり、大林と比べても明らかに高い。

「はい、刑事さんよりも大きいですね。それに」

「それに？」

「横幅というか、筋肉が凄《すご》かったイメージがあります」

大林の話を聞く限りでは、犯人は体格のいい男性だ。比嘉の検視結果とは大きくかけ離れる。いや、比嘉は身長百六十センチ前後の人物が想定されると言い、刃物の入射角度を偽装した可能性も示唆していた。

「鑑識からは、犯人は身長百六十センチ程度の人物が想定される、という見解が出ていますが」

死者は、死という自分にとって都合の悪い事実を認めたくないために、その直前の記憶を封印することがある。石川はこれまでの死者とのやりとりからそれを学んだ。そんな時は、彼らが記憶を呼び覚ますのを待つ。

「――いや、ちょっと、待ってください」

大林は目を瞑《つぶ》り、頭を抱え始める。死ぬ間際の記憶を辿《たど》っているようだった。

「背中が急に熱くなって、触ってみたらぬるりとした感触があって、手のひらを見たらべったりと血が付いていて、振り返ると身を屈めた男がいました。黒いパーカーのフードをかぶっていて、手には包丁を持っていました。その男に背中を押され、その場に倒れ込んで」大林は両手の指で頭をとんとんとリズミカルに叩《たた》いている。「状況がうまく飲み込めなくて、しばらくその場に横たわっていました。その後、肘をついて上半身を起こそうとしたんです。そして――」

大林はかっと目を見開いた。

「そうだ。角がありました」

「角？」

「そうです。角です。あれは間違いなく、角でした。私を刺している間、男はフードをかぶっていませんでした。額の真ん中に、高さ三センチほどの突起があって」

石川は頭の中で大林の話を映像として思い描く。脳裏には額に角が生えた鬼がいた。

「そうです、角の生えた、鬼のような男です」

大林の言葉で、脳裏の鬼がより明瞭《めいりよう》になる。

「その、鬼のような男と面識はありましたか？」

「いえ、初めて会いました。あんな人、一度出会ったら忘れませんよ」

同時に、石川の携帯が鳴った。立花からだ。出たら厄介なので、そのままポケットに携帯を戻す。大林に視線を戻すと、その場にはもう、誰もいなくなっていた。

頭上を、また轟音と共に列車が走り過ぎて行く。雨脚が少しだけ弱まった気がした。

5

「よう、石川。早いじゃねえか」

翌朝、久松署に向かう途中で市倉と出会った。捜査会議が始まる三十分前だ。

「色々情報を整理しようと思って」

石川が言うと、市倉は満面の笑みを浮かべる。

「真面目だねえ」

「昨日、大林の遺族から話を聞いたのですが、特に目新しい情報はありませんでした」

歩きながら、石川は昨日の捜査内容を報告する。市倉からも他の刑事の捜査情報の共有を受ける。だが、特に進展はなさそうだった。

市倉はポケットから煙草の箱を出す。立ち止まると、そこは署内の喫煙スペースだった。煙草をくわえポケットをまさぐっているが、どうやらライターがみつからないらしい。石川はポケットからジッポーを取り出し、火をつけて市倉の前に突き出した。

「これ使ってください」

「おお、ありがとう」

市倉はジッポーに顔を寄せ、煙草に火をつける。煙を確認したあと、石川はジッポーの上蓋《うわぶた》を閉じる。オイル独特の匂いが鼻をつく。

「お前、煙草吸ってたっけ？」

「いえ。これ、もらいものなんです、兄からの」

石川はしばらくジッポーを眺めたあと、ポケットに戻す。

「ふうん。また何でジッポーなんかもらったんだ？　煙草も吸わないのに」

「兄も煙草なんて吸ってなかったんですけどね。遺品の形見分けで、もらったんです」

「――亡くなったのか」

「はい。自殺でした。財務省に勤めるエリートで、俺なんかとは比べ物にならないくらい優秀な人だったんですけど」

東大を出て財務省に入省した兄は、両親にとっても、石川にとっても自慢の兄だった。幼い頃から父親と対立していた石川は、もの静かでいつも父親に逆らうことがなかった兄とは対照的だった。石川は著名な政治学者である父親に虚栄と偽善を感じ、幼少の頃からことあるごとに衝突していた。今思えば、自分はただの生意気なガキだったと思う。兄はそんな石川をかばい、父親との仲を取り持ってくれていた。

そんな兄が高校生の頃、自分の部屋で煙草を吸っているのを目撃した。珍しく動揺した兄は急いで煙草を空き缶の中に捨て、「俺とお前だけの秘密だぞ」と石川の頭を小突いた。兄と共通の秘密を共有できたことが、とても嬉《うれ》しかったのを覚えている。

石川が二十歳の時、兄は自宅で首を吊《つ》った。自殺の原因は、今もわからない。現場検証に訪れた警察官を見て父が「官憲を家に入れるような真似をしやがって」と死んだ兄に吐き捨てるようにつぶやいたのを耳にして、石川はその官憲――警察官になることを決めた。父親が嫌がることをやってやろう、という動機からだ。

兄の死後、不意に思い至り、兄の部屋から煙草とジッポーを回収した。優等生だった兄が煙草を吸っていたことがバレたら、両親が酷《ひど》く幻滅するだろうと思ったからだ。母親は煙草イコール不良のレッテルを兄に貼り付けただろう。そうやって母親が悲しむのも嫌だし、何よりも兄との約束である「二人だけの秘密」を護《まも》るべきだと思った。

石川はそれから、いつもジッポーをズボンのポケットに忍ばせるようになった。どんな時も、肌身離さず持ち歩く。煙草は吸わないが、時折、火をつけて燃え盛る炎をぼんやりと眺めることがある。オイルが無くなれば補充し、フリントが消耗すれば交換する。このジッポーを持っているだけで、死んだ兄とともにいるような錯覚に陥る。

「――そうか」

市倉は煙草の煙を自分の上方へと吐き出す。

市倉としゃべっていると、何故か自分が丸裸にされる感覚に陥る時が稀《まれ》にある。今がまさにそうだ。それは刑事としての市倉の特技なのかもしれない。

市倉が煙草を吸いながら、あくびを嚙《か》み殺す。

「昨日も遅かったんですか？」

石川が訊《たず》ねると、市倉が目をこすりながら言った。

「いや、この事件とは関係ないんだが、昨日の夜、警視庁のサーバがハッキングされてな。まだ大事には至っていないが、その犯人探しにかり出されてた」

「ハッキング？」

「愉快犯だよ。警視庁のホームページのトップ画像が、ポルノ画像に差し替えられてた」

「犯人は？」

石川が訊ねると、市倉は両手のひらを上にあげる。

「海外のサーバをいくつも経由してる。解析はほぼ不可能だとサイバー犯罪対策の奴らがぼやいてた。まあ、取っ捕まえるのは難しいかもな」

市倉は煙草を灰皿に押し付け、二本目の煙草に手を伸ばす。石川はまた、ジッポーで火をつけた。

「そう言えば、立花から聞いてるか？」

「いえ、何かあったんですか」

昨日立花から着信があったことを思い出した。電話には出ず、それから折り返していない。

「大林の会社関係者への聴取は自分にやらせてくれとお願いされたよ。朝一で、会社の始業前から何組かの事情聴取を行うらしい。了承したが、今回、あいつと組んでるのはお前だ。会議が終わったらお前も向かってくれ」

　捜査会議では目新しい情報はなく、捜査の進展は特に見受けられなかった。石川は会議終了後、すぐに品川にある大林の会社へと向かう。電車を乗り継いで三十分程の距離だ。品川駅で降り、十分程歩いたところにある大型のオフィスビルにたどり着く。地上二十階建てで、桐生建設はそのうちの三フロアを借りている。十時四十分。エントランスは多くの人が行き来している。石川は受付のある十四階へとエレベーターで向かう。外に面したエレベーターはガラス張りで、眼下にはオフィスビルの街並が見えた。十四階につき、エレベーターのドアが開くと、聞き覚えのある声が聞こえてくる。

「捜査協力できないというのはどういうことですか！」

「もう充分でしょう。これ以上は業務に差し障ります」

　立花が、桐生建設の受付の前で、背の高い能面のような顔の男と口論をしていた。二人は向かい合う形で、じっと睨《にら》み合っている。

「立花、どうかしたのか」

　石川が駆け寄ると、立花が振り返った。目の前の能面男が口を開く。

「あなたも刑事ですか？」

　石川は慌てて警察手帳を取り出す。能面男はそれをまじまじと見つめ、手帳の写真と石川の顔を交互に見る。

「この人、なんとかしてもらえませんか？　出社するうちの社員を捕まえて、片っ端から事情聴取するんです。これじゃあ、仕事になりません」

「あなたは、同僚の死を不憫《ふびん》に思わないのか！」

立花が大きな声を張り上げる。受付嬢がびくっと体を強《こわ》ばらせ、こちらを見た。童顔で黒髪の、かわいらしい女性だった。鼻息荒い立花とは対照的に、能面男は落ち着き払い、ため息をつく。

「大林さんには、私もよくしていただきました。社員も皆、その死に驚き、悲しんでいます。こちらとしても犯人逮捕のために協力したいのはやまやまですが、これ以上は業務に支障が出てしまいます。あなた方警察の捜査は、いたずらに社員を不安にさせるだけです。申し訳ございませんが、これ以上はご協力できません。お引き取りください」

能面男は無表情のまま頭を下げる。

「捜査に協力するのは一般市民の義務だろう！」

また立花が大声で叫んだ。廊下の奥にいた清掃員が、何事かと駆け寄って来た。異変を感じた社員がフロアから顔を出し、集まり始める。石川は能面男から立花を離し、隅の方へ移動する。立花はしぶしぶ石川に付いて来る。

「おい、落ち着け。朝からお前、何やったんだ」

「何って、事情聴取に決まっているだろう」

立花は胸のポケットから四つ折りの紙の束を取り出した。開くと、所属部署と名前が書かれたリストが印刷されている。一枚の紙に三十人程、それが七枚あった。桐生建設の社員が確か二百八名。いくつかの名前には赤ペンで二重線が引かれており、「交流無し」「面識無し」「以前同じ部署」などの簡単なメモが添えられていた。おそらく、聴取をした人物に印をつけていたのだろう。まさか、立花は二百名以上の全社員から事情を聞くつもりだったのか。

受付の前からこちらを見つめる能面男と目が合う。それは、拒否されるのも無理はない。

「まだ十人にしか話を聞けていない」

石川は立花の顔を見つめる。ある程度の目星をつけて聴取を行う、という発想がないのか、それとも本気で全員から大林の情報を引き出す自信があるのか。

おそらくは後者だろう。だから立花は朝一から聴取に行くと言っていたのだ。石川は頭を抱え、リストの紙の束を持ってその場を離れた。

「どこに行く！」

大声を出す立花を恨めしく眺める。複数の社員の視線が痛い。

「――トイレだ。少し、時間をくれ」

立花に呼び止められるが、「すぐに戻る」となだめ、廊下の奥にある男性トイレへと向かった。

三つある個室は全て空いていた。石川は一番奥の個室に入り、鍵《かぎ》をかける。目を閉じる。意識を集中させ、大林の顔をイメージする。目を開くと、大林が目の前に現れた。鼻先が当たるか当たらないかの距離だ。

「近いですね」

石川が言うと、困り顔で大林が返す。

「あなたが呼んだんでしょう」

石川はその距離感が堪《たま》らなくなり、ズボンをはいたまま、便座に腰掛ける。

「ここ、ひょっとして、私の会社のトイレですか」

大林が個室の中をキョロキョロと見渡す。

「ご名答」

「な、なんで私の会社にいるんですか」

「事情聴取ってやつです。関係者からあなたの情報を引き出して、捜査に役立てる。で、これがそのリストなんですが」石川は大林に、リストの束を向ける。「実は私の同僚が、このリストに書かれた全ての人から大林さんについての情報を聞き出そうとしています」

大林がリストを見たがったので、石川はパラパラと紙をめくる。

「これって、ほぼ全ての社員じゃないですか」

「そうなんです。非効率な上、この会社の人にも迷惑をかけてしまうので、事情聴取をする方を絞り込みたいと思っています。この中から、大林さんが親しかった人物をピックアップしていただけますか。私が名前の上にペンを滑らせるので、該当する人物がいたら『はい』と言ってください」

「わ、わかりました」

大林は眼鏡のブリッジを人差し指であげ、頷《うなず》いた。石川は膝《ひざ》の上にリストの紙を置き、名前の横にペンを添え、ゆっくりと滑らせる。

「――はい……、……はい……、……はい……」

だいたい一枚に一人ほど、合図はないが大林の目が泳いだ人物の名前にも印をつけ、計七人に絞り込むことができた。これなら、なんとか交渉できるかもしれない。石川は立ち上がる。

「あともう一つ質問なのですが。能面みたいな顔をした社員の方って、ご存じですか？」

「能面？」

「五十代くらいで、背の高いひょろ長の」

「ああ、総務の有村《ありむら》部長ですか。言葉遣いは丁寧だけど、全然心がこもっていない」

「そう、その人です。その有村部長について、何か情報があれば教えて欲しいのですが。例えば……恥ずかしい秘密とか」

「秘密？」

石川がトイレから戻ってきたあとも、有村と立花はまだ押し問答を続けていた。

「部長、ちょっとよろしいでしょうか」

石川は有村の肩を叩《たた》き、受付から離れた隅の方を指差す。有村は抵抗する姿勢を見せるも、石川が静かに頷くと、促されるまま窓際まで移動を始めた。

「おい、石川……」

立花に呼びかけられるも、石川はただ頷き返す。立花は察したのか、その場で立ち尽くした。

石川は窓から眼下の景色を眺める。周りにはまだ高いビルが山ほどあった。

「で、何ですか、今度は」

有村が抑揚の無い声で訊《たず》ねる。石川は付近に人影がないことを確認すると、有村の耳元で囁《ささや》く。

「──あの受付の子、かわいいですよね。有村部長がロリコンだって知ったら、どう思いますかね」

能面のように白かった顔が、一気に赤く上気した。有村は背筋をピンと伸ばし、石川の方を見つめる。

「知らないなら教えてあげないといけないですね。面接は有村部長が行われたんですか？　まずいなあ、自分の趣味で採用しちゃあ」

言いながら石川は、受付の方へと戻る。

「ちょっと……、ど、どこに行くんだ」

明らかに動揺を隠せていない有村が、石川を呼び止める。

「どこって、あの受付の子に教えてあげようかなって」

「お、教えるって、何を」

「部長がロリコ……」

「ま、待ちなさい！」

石川の声をかき消すように、有村が叫んだ。受付の方では、黒髪童顔の受付嬢と立花がこちらの様子をまじまじと見つめていた。有村は肩で息をしている。石川は先ほど印をつけたリストを、有村に手渡す。

「全社員とは言いません。印のついた七人のお時間を、少々いただけないでしょうか」

6

「お前、あの能面部長と何を話した？」

「何を話したって、何だ？」

「とぼけるな！」

立花が机を叩く。事情聴取のため、来客用の会議室を一部屋借りた。有村が一人ずつ、リストに印のついた社員を呼び出してくれることになっていた。

「普通にお願いしたんだよ。ただし、大林智志と関係の深い人物七人に絞り込んで」

「その七人はどうやって絞り込んだ？　勘か？」

「——勘だよ」

そう石川が答えるのと同時に、ドアがノックされた。どうぞ、と二人で返事をすると、一人目の社員、大林の部下である伊藤数馬《いとうかずま》が、ドアの隙間から恐る恐る顔を現した。

有村が用意してくれた資料を確認する。石川が印をつけた社員全員の履歴書と、社内での経歴が書かれたシートだ。伊藤数馬は営業部副部長で、今年四十六歳。現在は亡くなった大林の代わりに部長を務めている。大林が亡くなり、恩恵を受けた人物の一人だ。

部屋に入ってきた伊藤はどうしたらいいのかわからない様子だったので、とりあえず座るように促した。ひどく怯《おび》えているようだった。

「お忙しいところ申し訳ございません。十分ほどで終わらせますので、ご容赦ください」石川は笑顔で頭を下げる。「早速ですが、伊藤さんは一昨日《おととい》の夜、どこで何をされていましたか？」

「あの、これって、私が疑われているということでしょうか」

「いいえ、大林さんと関係が深かった方全員に聞いていることですので、そんなに心配しなくても大丈夫です。挨拶《あいさつ》みたいなものですから」

石川は相手に警戒されないよう、注意しながら質問に返す。立花の視線を感じた。正義感の強い立花が「お前は疑われるようなことをしたのか！」と怒鳴り返さないよう、警戒する。

伊藤はほっとした様子で、話し始める。

「その日は習い事で、社交ダンスのスクールに行っていました」

「社交ダンス」石川は確認するように復唱する。

「ええ。実はこう見えて僕、三年連続で健康診断に引っかかってしまいましてね。ダイエットとストレス発散を兼ねて、半年前から通っているんですよ」

石川は資料を確認する。独身、と書かれていて納得した。不摂生がたたっているのか、顔も体型も丸い。社交ダンスはおそらく、出会いの目的もあるのだろう。

「週二で通ってるんですけど、これが意外に大変で、最初の頃は筋肉痛になっていました」

「お話しいただき、ありがとうございます」石川は伊藤の話をやんわりと中断する。

「質問を変えます。大林部長はどんな人物でしたか？」

「大林部長ですか……、あの人は本当に真面目な方でした。営業報告資料は完璧《かんぺき》で、それに使われたエクセルは代々テンプレートとして新入社員に配布されるほどです。メンバーのモチベーションを高めるのも上手で、大林部長がこの部署に配属されてから、一年で部署の取引額が倍以上に成長しました」

伊藤はふくよかな体を大げさに揺さぶりながら話す。憎めないキャラクターだな、と石川は思った。

「社内で、誰か大林部長を恨んでいるような人物に心当たりはありますか？」

「恨んでいるなんて、とんでもない。みんな、大林部長を尊敬してました。クライアントからも絶大な信頼を得ていましたからね。トラブルがあっても率先して部下と一緒に謝罪に行ったり、帰りが遅いメンバーには栄養ドリンクの差し入れを持ってきたこともありました。正直、私には大林部長の代わりなんて務まりっこないんです。ホント、大林部長は、上司の鑑《かがみ》でしたよ」

伊藤はそう言うと、大林について思いを馳《は》せるかのように、遠い目をしながら石川達の斜め上を見つめていた。寒気を感じ振り返ると、大林が立っていた。

その後、大林の直属の上司である役員と部下四名から話を聞くも、どれも似たような内容だった。大林智志は優秀なサラリーマンで、殺される程の恨みを買うような人物では決してない、というのが彼らの見解だった。

残り最後の一名となったところで、先ほどの黒髪童顔の受付嬢が部屋に入ってきた。

「申し訳ございません。いただいたリスト最後の益田《ますだ》についてですが、昨日から体調不良でお休みをいただいておりまして、本日も出社していないようです」

手元の資料を見る。益田清香《さやか》、三十二歳。昨年総務部から業務推進部に異動し、大林がいた営業部と密接に仕事で関わっている。大林は合図を出さなかったが、彼女の名前を指したとき瞳《ひとみ》に動揺の色が見えたため、石川が印をつけた人物だ。コネクトしている大林の表情を見る。大林は石川の視線に気がつくと、顔を背けた。

石川は立ち上がり、ドアを閉じようとする受付嬢を呼び止める。

「すみません、その益田清香さんの現住所を教えていただけないでしょうか」

益田清香の住まいは、経堂《きょうどう》駅から歩いて十二分の距離にある、八階建ての煉瓦《れんが》作りのマンションだった。

エントランスで部屋番号を入力する。呼び鈴が鳴るが、応答はない。三度程押すも、呼び鈴がむなしくエントランスに響くだけだった。

石川は胸騒ぎを覚え、エントランスに隣接する管理人室のガラスを叩《たた》いた。管理人とおぼしき中年女性が億劫《おっくう》そうに顔を出す。石川は胸ポケットから警察手帳を取り出すと、中年女性は好奇の目で石川を見た。

「事件かい？」

サスペンスドラマ好きのおばさんというのは一定数いて、たまに遭遇する。こちらが刑事だと言うと、自分がそのドラマの登場人物の一人になったように興奮する。

「四〇三号室の益田さんに用があって伺ったのですが、留守のようで」

そう言うと管理人は快く立ち会いを了承してくれた。心なしか、何か事件があるのではとそわそわしている様子だ。エレベーターに乗り、四〇三号室へと赴く。管理人が呼び鈴を押し、ドアを叩く。

「益田さん、管理人の山本《やまもと》です。益田さーん。ご在宅ですかー？」

ドアを叩きながら、管理人が益田清香の名を呼ぶ。だが、返事はない。

「やっぱり留守みたい」

管理人が言う。石川は頭を掻《か》く。

「体調不良で昨日から会社を休んでいると連絡を受けました。留守だとすると、妙ですね」

立花が管理人を見つめる。管理人はそっとポケットから鍵《かぎ》を取り出した。このマンションのマスターキーだろう。益田の部屋の鍵穴に差し込み、ひねる。カチャリと開くと同時に、生暖かい空気と独特の匂いが鼻をついた。石川は立花と顔を見合わせる。

「立花！」

「わかってる！」

立花は頷《うなず》き、勢いよくドアを開けた。

右手で口と鼻を押さえながら、土足のまま室内へ駆け上がる。

リビングへ繋《つな》がる扉が開かない。仕方がないので、石川は勢いをつけてドアを蹴破《けやぶ》る。テープが剝《は》がれる音がした。

部屋の中央に七輪が置かれている。中の練炭はすでに燃えかすとなり、微《かす》かな白い煙が出ていた。窓という窓は全て、隙間を埋めるための目張りが施されていた。壁に寄せられたソファに体を預けている女性の姿が見える。おそらく、益田清香だろう。

立花とアイコンタクトを取る。石川は益田の元に向かい、立花は窓際へと向かう。

「益田さん、大丈夫ですか？」

石川は益田の肩を揺さぶり、大声で話しかける。だが、長い髪が揺れるだけで、その表情には何の反応も現れない。頸《けい》動脈に指をあてていると、微かだが脈は触れる。

立花は窓ガラスの目張りを剝がすのに苦労しているようだった。見かねた石川は部屋の隅に置かれたステンレス製の丸椅子を持ち上げ、思い切り窓ガラスに叩きつける。ガラスの割れる音と共に、一気に冷たい外気が室内に入って来る。立花は急ぎ台所へ向かい、換気扇のスイッチを入れる。

「立花、救急車」

「わかってる」そう言うと立花はポケットから携帯電話を取り出した。「もしもし、至急救急車の手配をお願いします。場所は……」

石川はソファに体を預けた状態の益田の気道を確保し、そのままの姿勢で放置しておくことにした。こういう時は、下手に動かさない方がいい。

石川ははっと気がつき、遅いとは思いつつも白手袋をはめる。風呂《ふろ》場《ば》の換気扇のスイッチも入れておこうと脱衣所へ向かう。ここにも目張りがされていた。石川はつなぎ目を見極め、そこから一気にテープを剝がす。

「刑事さん、大丈夫ですか？」

玄関先から、管理人の声が聞こえる。石川は管理人に見える位置で、右手を上げた。

薄暗い脱衣所の中は、血の臭いが充満していた。手を伸ばし、電気をつける。ドラム型の洗濯機があり、タオル、着替えが綺麗《きれい》に棚に収められていた。浴室の扉を開く。浴槽の中に、衣服が投げ込まれていた。よく見ると血痕《けっこん》が付いている。シャワー台の下には、和包丁が無造作に置かれていた。刃先が少しこぼれ、注意深く見ると、マチの部分に赤黒い物体が付着している。

「独身OLが不倫の清算で交際相手を殺害、練炭で自殺未遂か」

石川は明日のスポーツ紙の見出しを想像した。

7

駆けつけた救急車両に、担架に乗せた益田清香が運び込まれる。マンションの前にはちょっとした人だかりができつつあった。

「ねえちょっと、一体何があったの？　ねえ」

管理人の女性が、しきりに益田の様子を訊《たず》ねてくる。立花が「捜査に関わることですので、お教え出来ません」と断るも「私だってこのマンションの管理人なんだから、状況を知る権利はあるはずよ」と譲らない。だが石川が「あなたにこの件を話したことで、私が警察組織から処罰を受けることになります。それでもあなたは知りたいですか」と言うと「やっぱりそうなのね。ドラマと一緒だわ」と、管理人は何故か納得した様子で身を引いた。

石川は救急隊員に益田の容態を訊ねるが、「精密検査をしてみないと、なんとも言えません。ただ、非常に危険な状態であるのは間違いないです」というありきたりな回答を得ただけだった。

　マンション前で救急車両を見送っていると、立花が携帯を片手に駆け寄って来る。

「さっき電話で市倉さんに現状を報告した。俺は現場の保全と応援要請のためこの場で待機、石川、お前は再度桐生建設に行って益田清香についての情報を洗い直して来い、ってよ」

　所轄の刑事や制服警官が続々と集まってくる。石川は頷き、タクシーを拾うため急ぎ大通りへと向かった。

　タクシーの後部座席に座り行き先を告げると、石川は胸ポケットから携帯電話を取り出した。先ほどもらった有村の名刺を手に、電話番号を入力する。

「はい。桐生建設です」

「お世話になります、警視庁の石川と申しますが、有村部長をお願い致します」

　少々お待ちください、と電話の女性が言ったあと、保留音が鳴る。『ラバース・コンチェルト』のオルゴールだ。しばらくすると、有村が出た。

「何かあったのですか」

　抑揚の無い有村の声が聞こえる。

「益田清香が練炭自殺を図りました。一命は取り留めましたが、危険な状態です」

「え……ほ、本当ですか。な、なんでまた……」

有村は絶句する。

「それを調べるため、今からそちらにお伺いします。益田清香についての情報を用意しておいてください。あと、彼女と親しかった人物何人かと話をさせていただきたいのですが」

「わ、わかりました。手配します」

今から三十分後にはそちらに着きますと言い、電話を切った。

石川はまた携帯をいじり、耳に当てる。だが、今回は通話ボタンを押していない。目を閉じ大林の顔を思い浮かべる。目を開くと、大林が石川の右隣に座っていた。

「もしもし。少し話しづらいかもしれませんがいいですか」

石川は携帯電話を手に、隣に座る大林を見る。タクシーの運転手はこちらを見向きもしない。

「ああ、電話で話をしているふりをしてるんですね」

察したのか、大林が頷いた。石川は口角を上げる。話が早い。

「単刀直入にお訊ねします。あなたと益田清香の関係は、一体どういったものなのですか？」

隣に座る大林の顔を見る。眼鏡に光が反射して、その表情が見えない。

「先ほどトイレで社員のリストを確認した際も、益田清香の名前の上であなたの目が泳いだのに気がつきました」石川は続ける。「何かあるなら私に教えてください。彼女は一体、あなたにとって何なんですか？　ひょっとして、彼女が」

「彼女は、この事件には関係ありません」石川の言葉を遮るように大林が言った。「彼女はただ」

「お客さん、お客さん」

大林との話の途中で、運転手が石川を呼ぶ。見るとバックミラー越しに目が合った。

「どうかしたんですか？」

「この通り沿いでずっと渋滞が続いているみたいで、さっき本部に連絡したら四キロ先で事故があったみたいです。しばらく進みそうにないんで、お急ぎなら地下鉄の方が早いと思いますが」

窓を開けると、二車線の道路が前も後ろも車で一杯になっていた。所々から、クラクションの鳴る音が聞こえる。石川は仕方なく料金を支払い、タクシーを降りた。幸い、地下鉄への入り口がすぐそばにあった。気がつくと、大林の姿は見えなくなっていた。

地下鉄を乗り継ぎ、桐生建設にたどり着く。受付に行くとすぐに有村が現れた。A4サイズの茶色い封筒を手渡される。

「益田清香の履歴書と社内評価資料をまとめたものです。それに社内で一番彼女と交流のある社員を呼んでいます。……益田は、無事なのでしょうか」

「ありがとうございます。先ほども電話でお話しした通り、一命は取り留めましたが、まだ意識が戻っていない状態です」

「そうですか……。では、こちらに」

有村に促され、石川は応接室へ通された。先ほどよりも広く、内装が豪華な応接室だ。数分の間、一人で待っているとドアがノックされる。返事をすると、亜麻色の髪の女性が現れた。

「清香が自殺未遂したって、本当ですか？」

女性は石川の姿を見るや否や、詰め寄ってきた。

「捜査中のため詳しい情報はお伝え出来ません。とりあえず、座ってください。質問は私の方から行います」

石川は立ち上がり、両手を出して女性を制す。感情的になった女性から情報を引き出すのは一苦労だ。一旦《いったん》、落ち着いてからこちらの質問に耳を傾けるよう誘導しなければ、いたずらに時間が過ぎるだけだ。

「お名前は」

「佐々木《ささき》……雅美《まさみ》です」

「佐々木さん、益田清香さんですが、一命は取り留めています。現在、救急病院で治療中ですので、ご心配なく」

そう言うと、佐々木は安堵《あんど》のため息をついた。それから口を開き、話し始めようとするので石川は右の手のひらを出す。佐々木は慌てて口をつぐんだ。

「益田さんと佐々木さんはどういったご関係ですか」

「――清香とは、同期入社で、ええと、二年半前からの付き合いです。二人とも中途入社で。うちの会社って女性が少なくて、清香とは歳も近いからすぐに意気投合して。月に一度は飲みに行ってました」

「益田さんの交際相手については、何かご存知ですか？」

「――気になる人はいる、とは聞いていましたけど、詳しいことは聞いてません」

「営業部の大林部長はご存じですか」

「ええ。先日亡くなった……まさか」石川は静かに頷《うなず》いた。佐々木の目に驚きと好奇の色が浮かんだ。「そうか、だから清香、詳しい話をしたがらなかったんだ……」

「何か、益田さんが話しているのを聞いたことはないですか？　その……気になる相手について」

「その人とは何度か食事には行ったたって。すごく紳士的で、理想の男性だと言ってました」

「その、二人は男女の関係にあったか、は」

「そういう、具体的なことは話していません。ただ、清香はそういうところはしっかりしていると思うから……」佐々木は少し寂しそうな表情を浮かべる。「私には話してくれても良かったのに」

「――ありがとうございました」

石川は佐々木に礼を言うと、一緒に応接室を出た。外で有村が能面のような顔つきで待っていた。佐々木を帰すと、有村が小声で訊《たず》ねてくる。

「大林さんの事件に、益田が関わっているということでしょうか」

「まだ何とも言えません。こちらとしては、引き続き捜査を……」

言いかけると、石川の携帯が震えた。市倉からだった。

「ご協力ありがとうございました。またお話を聞きにお伺いするかもしれません」

石川はそう言って、その場を後にする。携帯を取り出し、通話ボタンを押した。

「石川です」

「今、いいか」

市倉の声が硬い。こういう時は、事件に進展があった時の連絡だ。大丈夫です、と石川が答えると市倉が続ける。

「先ほど鑑識から報告があった。益田清香宅にあった和包丁と衣服に付着していた血液が、大林智志のものと一致したそうだ」

8

石川が久松署の捜査本部に着くと、すでに会議が始まっていた。

「益田清香は痴情のもつれにより、大林智志を殺害したと考えられます。益田清香宅から大林智志の血液がついた衣服と包丁が発見されました。包丁は、刺創の形状を分析した結果、犯行に使われた凶器と特徴が一致しました。また、益田清香宅で大林智志のものと思われる毛髪も発見されています」

立花が調書を片手に報告していた。石川はそれを会議室の入り口で立ち聞く。所轄の刑事が手を挙げる。泉谷だ。

「事件当日、現場から一駅分ほど離れた洋食店で、大林智志が益田清香らしき女性と食事を摂《と》っていたという目撃情報も上がっています」

「現場の分析は？」

管理官が訊ねる。前方に座っていた比嘉が手を挙げ、立ち上がる。

「現場に残された足跡と益田清香宅にあった靴を全て照合した結果、一致する靴を発見しました。また、殺害現場付近に落ちていた毛髪の中に、益田清香のＤＮＡと一致するものが見つかりました。以上のことから、益田清香が犯行現場にいたことは、ほぼ間違いないと思われます」

事件が収束しつつあることで、捜査本部内に安堵の空気が満ち始めていることを、石川は肌で感じた。だが、石川の胸のつかえは取れていない。大林の言葉を思い出す。

〈そうです、角の生えた、鬼のような男です〉

石川は手を挙げ、会議室の中央へと進む。

「なんだ君は」

前方に座る管理官が気付き、不快感を表した。

「4係一班の石川です。益田清香の自宅と、大林の勤務先で聴取を行ってきました。益田の同期である佐々木という女性社員によれば、確かに益田清香は大林智志に好意を抱いていたようですが、まだ食事に行くだけの関係だったらしく、痴情のもつれから殺害に発展するとは考えにくいと思われます」

「プラトニックだった、ということ？」

比嘉が言った。プラトニック、という響きを久しぶりに聞いた気がした。石川は頷く。

立花が立ち上がる。

「石川。お前、俺の話を聞いてたか？　益田清香の自宅から、大林智志の血液がついた包丁と衣服が発見されている。それに、大林の毛髪まで出ているんだ。大林智志が、益田清香の自宅マンションに通っていた証拠だろう。これのどこがプラトニックなんだ？」

「益田清香本人の聴取結果はどうなんですか。容疑を認めているのですか？」

石川が訊ねると、比嘉が答える。

「益田清香はまだ意識が戻っていない。現在、ＩＣＵで治療中よ。ただ、意識を取り戻しても、聴取できるような状態まで回復するのはいつになるか……」

比嘉の言葉に、石川は二の句を継げなくなる。

「管理官」

立花が、じっと石川を見つめる管理官を促した。管理官は咳払《せきばら》いを一つしたあと、言った。

「益田清香を、大林智志殺害の容疑で緊急逮捕とする」

石川は反論しようと口を開きかけ、不意に寒気を感じた。振り返る。目の前に大林が現れた。大林は管理官がいる前方をじっと見つめながら、言った。

「私を殺したのは、彼女ではありません」

9

殺人事件の容疑者ということもあり、益田は警察関係者が多く利用する大学病院に搬送されていた。

石川は益田の様子を窺《うかが》うため、面会謝絶状態の彼女の病室に忍び込む。室内は暗く、弱い明かりが二つほど点《つ》いているだけだった。益田の寝顔を見つめる。口には酸素マスクをつけ、点滴などの管が、いくつも体に差し込まれていた。益田が横たわるベッドを挟んだ反対側に、大林が立っていた。大林はじっと、彼女を見つめている。

「私を殺したのは、彼女ではありません」

大林が先ほど言った台詞《せりふ》を繰り返す。だが、これまで出て来た証拠の全てが、益田が犯人であることを証明していた。大林は何かを隠していると、石川の直感が告げる。

「そう信じたい気持ちはわかりますが、現に彼女の部屋からあなたを殺した凶器が発見されています。それに、あなたの毛髪だって」

「私は彼女の部屋に行ったことなどありません！」

大林が大声で叫ぶ。肩で息をするくらいに憤っている。闇の中で、緑色に光る心拍計がリズムよく益田の心拍を刻む。大林が続ける。

「私を殺したのは確かに男でした。それは間違いありません。額に鬼のような角を持った、大きな男です」

「あの日、益田清香と一緒にいたのですか？」石川は横たわる益田を一瞥《いちべつ》して、大林に訊ねた。大林は答えない。石川は続けて言った。「正直に、答えてください。お願いします」

大林は石川を見て、益田に視線を移す。小さく、頷いた。

「――あの日は仕事帰りに、彼女と人形町《にんぎょうちょう》の洋食店に行きました」

「益田さんは経堂に住んでいますよね。大林さんとは途中まで同じ方向のはずです。何故、一緒に帰らなかったのですか」

疑問に思っていたことを口にする。事件当日、大林が一人で人形町のコンビニで買い物しているところを、監視カメラが捉《とら》えていた。

「一緒にいるところを会社の連中に見られでもしたら、変な噂が立つじゃないですか。それは、年頃の彼女にとってはよくない。もしもいい人がいたとしたら、その関係を壊すことになります。ご飯を食べたあとは彼女を駅まで送って、私は一人、時間をつぶすために隅田川《すみだ》まで歩きました。ですがその途中で……」

「殺された」石川が言う。大林は無言のまま、ちらりと石川を見る。「あなたも見たでしょう、自身の遺体を。背中の傷を始め、腹部から胸部にかけ、計三十七ヵ所にも及ぶ刺し傷がありました。恨んでも恨みきれないとでも言うように、何度も何度も、あなたを刺したんです。彼女が犯人だという証拠はあっても、彼女がシロだという証拠はまだ何もありません。あなたが彼女を犯人だと思いたくない気持ちはわかりますが……」

「ですが、本当に彼女ではありません。それは間違いないんです。第一、彼女とは、そんな、恨まれるような関係にはなっていないので……」

「そんな関係、というのは？」

石川がわざと、意地悪く訊ねる。大林の真意を測るためだ。

「俗にいう男女の関係です。私は彼女の相談に乗り、彼女は私の相談に乗ってくれた。ただ、それだけの関係です」

「相談？」

「──益田さん、社会人になってからずっと山梨の実家の両親に仕送りをしていたそうなんです。自分は少しも贅沢《ぜいたく》せずに切り詰めて、限界に近い生活を送っていました。そんな中、一昨年父親が入院してしまい、さらにお金が必要になったらしくて……。その入院費用を稼ぐために、彼女は去年の初めから、夜の仕事を始めたそうなんです」

大林が、ベッドに横たわる益田を見つめながら語り始めた。石川はその次の言葉を待つ。大林が手を伸ばし、益田の頬に添える。

「彼女は会社が終わって八時半から午前一時半まで、週五で勤務していたそうです。最初の半年は上野のキャバクラで、それから、より給料がいい銀座に移ったらしくて。私が彼女と初めて言葉を交わしたのは、その銀座でした」

大林の手が益田の頬に触れ、すり抜ける。それに驚いた大林は手を引っ込めて、まじまじと自分の手のひらを見つめた。ため息をついたあと、大林は続ける。

「普段はあまりないのですが、得意先との接待で銀座の寿《す》司《し》屋に行きましてね。二次会までやって、お開きになったのが午前零時を丁度過ぎたころでした。会社の同僚はみなタクシーで帰りましたが、私は少し呑《の》み足りなくて。電車はもうないし、どうせタクシーで帰るならもう一杯ひっかけてから帰ろうと、適当な飲み屋を探し歩きました。

ほろ酔い気分で歩いていると、ビルの前でサラリーマンを送っているキャバクラ嬢がいたんです。キャバクラ嬢が三人で、サラリーマンが三人。さすが銀座、きちんとお客をビルの外まで見送るんだなあと感心して見てたんです。そしたら、その内の一人がじっとこちらを見つめて来て。なぜか気になって近寄ると、化粧が濃かったんですが、益田さんだと気がつきました。会社ではしゃべったことはありませんでしたが、顔だけは見知っていました。向こうも私に気がついたみたいで、顔を隠してそそくさと店に入っていきました。

それから、私はおでんの屋台を見つけてそこで一人呑んでたんですが、いきなり後ろから益田さんに声をかけられました。お店が終わってから、急いで私を探しまわっていたそうです。

『今日見たこと、会社には内緒でお願いします』

と頭を下げられました。服装は普段着でしたが、化粧がキャバクラで出勤していた時のままで、そのギャップが可笑《おか》しくて、私はつい彼女の顔を見て笑ってしまいました。そしたら彼女、頬をふくらませて激怒して」

大林は当時のことを思い出したのか、破顔する。だがすぐに我に返り、石川を見た。

「彼女には、私を殺す理由がありません。あらぬ容疑をかけられて、こんな状態になって……。あんまりです」

大林の証言が真実で、益田清香が犯人ではないとすると、誰かが彼女の犯行に見せかけて殺人を偽装したということになる。痴情のもつれを装って大林を殺害し、恩恵を受けた人物がいる。大林が殺されたのには、何か理由があるはずだ。死者本人が、犯人は別にいると言うのだ。死んでまで、彼が嘘をつく理由はない。

「石川さん。彼女を、益田さんを救ってあげてください」大林が石川の方に回り込み、膝《ひざ》をついた。両手をついて、頭を下げる。「どうか、どうか、お願いします」

死者に土下座されたのはこれが初めてだった。大林の消え入りそうな声音の懇願は、石川を困惑させた。

「大林さん、お手を上げてください」

そう言うも、大林は手を上げない。石川も身を屈《かが》めると、廊下の光が差し込んだ。ドアが開かれ、人影が見えた。

「何してるの、こんなところで」

顔は逆光で見えないが、声で誰だかわかる。

「様子を見に来ただけだ」

「あのさ、あなたこの文字読める？　ねえ」

比嘉は部屋のドアに掲げられた「面会謝絶」のプレートを手に取る。

「お前こそ何してるんだ、こんなところで」

「どこで何をしようが、私の勝手でしょう」

比嘉は石川の手を取り、部屋の外へと連れ出した。そっとドアを閉める。

「見つけたのが私だったから良かったものの、他の人に見つかってたらあなた、警察呼ばれてたわよ」

益田の病室の前で、比嘉は石川の顔を何度も指差す。

「まったく、死体の処置に来て何か胸騒ぎがすると思ったら」

「死体の処置？」

石川は悪い予感がする。

「ああ、市倉さんから聞いてない？　大林さんの遺体、明日遺族に引き渡すことになったの。今はまだこの病院に安置されてるんだけど、送り出す前に、綺麗《きれい》に処置をしておこうと思って」

「――葬儀は？　葬儀はいつ行われると言ってた？」

「遺族の要望で、しばらくの間は自宅で一緒にいたいらしいんだけど、防腐処理の限界もあるから、四日後の日曜日には葬儀を行って火葬する予定だと聞いてるわ」

石川はひとまず安心した。すぐにでも火葬ということであれば、その時点で大林とコネクトが出来なくなってしまう。タイムリミットは、あと四日。

石川は病院の廊下を歩き始めた。

「ちょっと、どこに行くのよ」

「大林さんの遺体を見たい」

はあ、と比嘉が大きくため息をついた。

「見たいからって、被害者の遺体をはいそうですかと見せられると思ってるの？」

石川は立ち止まり、振り返る。比嘉に向かって頭を下げる。

「頼む」

はあ、と比嘉がまた大きなため息をつき、ポケットから取り出した鍵《かぎ》を石川に手渡した。

「関係者専用のエレベーターがここの突き当たりにあるから、それに乗って先に地下二階に行ってて。私は、防腐処理の薬剤を取りに行ってくるから」

そう言うと比嘉は、関係者専用エレベーターとは逆の方向へと歩き出した。大学病院内にある、自分の研究室へと向かったのだろう。

石川は比嘉の指示通りエレベーターに乗り、地下二階へ着く。エレベーターの扉が開いた瞬間、肌寒い空気が身を包んだ。

鉄の扉を開くと部屋の中は二十畳ほどの広さで、壁面には大型の冷蔵庫が並べられていた。ステンレス製で、上下それぞれに開閉口がある。それが十台ほど並べられていた。

右から三番面の上段、ネームプレートに綺麗な文字で「大林智志」と書かれていた。

石川は把手《とって》に手をかけ下ろす。空気が漏れる音がした。さらに冷えた空気が、石川の周りに漂う。

手前にある持ち手を引くと、ステンレスの台に載った大林智志の遺体がローラーに乗って滑り出て来た。普段コネクトしている大林よりも、当たり前だが顔色が青白い。胸には無数の刺し傷があり、司法解剖のため開かれた胸には、Y型の大きな傷がつけられていた。

「大林さん、あなたの遺体がご家族の元に返されることになりました」

死者の大林が現れた。石川は遺体を挟み、大林と対峙《たいじ》する。

「タイムリミットはあと四日です」

「タイムリミット?」

大林が聞き返す。石川はコネクトのルールについて、まだ大林に説明していなかったことに気がついた。

「四日後にあなたは火葬され、荼毘に付されます。そうなると、こうやって私と話すことができなくなります」

「それは、ええと、つまり、私が……」

「言い方は様々だと思います。天に召される、成仏する、消滅する」

「それは」大林はしばし絶句する。一度、横たわる自分の遺体を見つめたあと、消え入りそうな声で言った。「困ります」

「この四日間で、必ず真犯人を捕まえてみせます」

石川は今にも泣き出しそうな大林を見つめる。

「よろしく、お願いします」

大林が、深々と頭を下げた。石川はステンレス台の上に横たわる傷だらけの大林を見る。事件の凄惨《せいさん》さを物語ってはいるが、これがあの益田の犯行だとは、到底思えなかった。

捜査本部としては、すでにこの事件は解決している。益田の意識が戻り次第、取り調べに入るだろう。彼女が目を覚まし、犯行を否認したとしても、彼女の家にあった大林の返り血がついた衣服と包丁がある限り、彼女の犯行だということは否定のしようがない。

「ちょっと、何また勝手に見てんのよ、もう」

比嘉が大きな革のバッグを持って部屋に入ってきた。

「こんなおじさんのどこが良《い》いんだか」比嘉が、大林の顔をまじまじと見つめて言った。

「あの女性も馬鹿よね。かわいいんだし、なにもこんなおじさんのために人生を棒に振らなくても」

比嘉は把手を押し、大林の遺体を冷蔵庫の中に入れ、鍵を閉めた。

「そんな言い方はないんじゃないか」

大林の気持ちを代弁する。隣で大林が頷《うなず》いている。

「あるわよ。不倫して男に依存なんかするから、こんなことになっちゃうのよ」比嘉はバッグをデスクの上に置く。「男に依存したって、ロクなことないんだから。裏切られるか、飽きたらポイッて捨てられるだけ」

「随分と気持ちがこもっているが、経験でもあるのか？」

明らかに憤怒の空気を醸し出した比嘉に、石川が冗談めかして言った。比嘉は真顔で静かに頷く。意外な反応に、石川は言葉を失った。比嘉は、はっと気がつく。

「あー、そういうことじゃない。私はそんな馬鹿な男に騙《だま》されたりしないし、不倫だってしないわよ」比嘉が両手を振りながら反論する。「私の父親がそうなの、父親が。私が小さいとき、母親と私を捨てて、別の女のところに行ったの。父親が出て行ってから、一ヶ月くらい母親は泣いてたわ。それからは『男なんかいらない』って、人が変わったみたいに仕事に没頭して、独立して会社興して。今じゃいっぱしの不動産会社の社長だけどね」

「だから、私は益田さんとはそういう関係になっていません」

大林が比嘉の話をよそに、石川に訴えかける。石川は頭を掻《か》く。

「仮に、益田清香の犯行だったとしても、なぜ、彼女は大林を殺したんだ？　そんなに依存してるのなら、殺す必要などないだろう」

石川がそう言うと、比嘉は信じられない、とでも言いたげな表情で石川を見る。

「そんなの、好きだからに決まってるでしょう。大林はちょうど結婚三十年目だったらしいじゃない。それで、心を入れ替えて不倫関係を清算しようとしたら、彼女は捨てられると焦って、逆上した。いつか、二人は結婚する約束をしていたかもしれない。相手のことが好きで好きでどうしようもなくて、けどそんな相手に拒絶されたら、頭がおかしくなるくらい悲しいでしょう？　手に入らないくらいなら、いっそ殺してやる、って。愛情が破壊衝動に変わるの。誰にでも起こりうることなのよ」

「だから、私たちはそういう関係じゃない」

大林が比嘉に反論する。もちろん、比嘉にその声は届かない。

「まあ、あなたにはそんな感情、わからないと思うけど」

比嘉は石川に詰め寄る。

「どういうことだよ」

「人を本気で好きになったこと、ないでしょう」

「なんでお前にそんなことがわかるんだ？　俺だってこう見えて」

「こう見えてなに？　彼女でもいるの？　いないでしょ、どうせ」

図星なので、石川は何も言い返せない。比嘉はさらに石川に詰め寄る。

「あなたはどこかで恐れている。特定の誰かと、深い関係になるのを。親密になりたいけれど、裏切られるのが怖い。一線を越えるのが怖い。だから、近寄らない、理解しようとしない」

自分の内面が比嘉に姿を変え、語りかけているようで驚いた。もやもやとした感情を言語化された気がして焦る。石川はすぐに、自分という人間を見透かされた気がして、そうじゃないと反論する気持ちが芽生えた。だが、それを表に出すのは止めた。それすらも、比嘉に見透かされているような気がしたからだ。

「――なんとか言いなさいよ」

無言のまま言い返せずにいると、比嘉が石川の顔を覗《のぞ》き込んで来た。比嘉との距離が近くなる。大きく澄んだ瞳《ひとみ》で見つめられ、石川は何故か赤面する。透き通った肌はきめ細かく、不覚にも「美しい」と思ってしまった。

「――おっしゃる通りだよ」

石川は照れ隠しに頭を掻き、顔を背ける。後ろに立つ大林と目が合った。だがその視線は、ステンレス製の冷蔵庫に向けられている。石川はそっと、冷蔵庫に手を当てる。ひんやりとした冷気が伝わって来る。

「あなた、ひょっとしてまだ疑ってるの？　大林智志を殺したのは益田清香じゃないって」

なんでもお見通しだな、と石川は思った。比嘉の観察眼の鋭さに驚きを通り越して呆《あき》れた。死体から様々な情報を集めるエキスパートだ。生きている人間の感情や思考を読み取ることなど、彼女にとっては造作もないことなのかもしれない。

「調べる価値はある。それとも、お前も百％益田清香が犯人だと思っているのか」

「百％だとは言ってないわ。彼女が犯人だという証拠があがっている、というだけ。不審な点はいくつかあるけど、それ以上の物証が無い限り、彼女が犯人だと言わざるを得ない。それとも何？　あなたは益田清香が犯人ではない証拠でも持っているというの？」

「――証拠は、ない」

石川が言うと、比嘉は大きく肩を落とした。

「それじゃあ何なの？　死んだ大林智志に直接言われたとでもいうの？　犯人は益田清香ではないって」

石川は顔を上げる。隣に立つ大林も、比嘉を見つめていた。石川は比嘉、大林を交互に見る。だが、比嘉は意味がわからない様子で、怪訝《けげん》な表情を浮かべるだけだった。

比嘉にも大林の姿が見えているのかもしれない、と思ったのだが、違ったようだ。ほっとしたような、残念なような、複雑な気持ちになる。

「そうだな。お前の言う通りだ。忘れてくれ」

石川はそう言うと、そのまま霊安室をあとにした。比嘉が何かを言いかけたが、無言のまま扉を閉める。エレベーターへと続く廊下を歩いている間、石川は死者と対話ができる能力を得た時のことを思い出していた。

10

死者が見えるようになったのは、四ヶ月前。頭に銃弾を受け、一度死に、生き返ってからだ。

元警察官が殺された事件だった。殺害現場は住宅街に立つ二階建ての一軒家で、部屋の中は特に荒らされた様子はなかった。その元警察官は、眉間《みけん》のど真ん中に一発の銃弾を受け死亡していた。素人の手口ではなく、市倉も「このヤマは長引きそうだ」と言っていた。

元同僚が殺されたことに、石川自身が少なからずいきり立っていたのは事実だし、何よりも、手柄が欲しかった。石川はそのまま、単独で現場付近の捜索を行った。

交番勤務の頃、犯行現場に戻ってきた間抜けな犯人と偶然出会《でくわ》し、逮捕したことがあった。それ以来、現場周辺を自分の足を使って見て回るのは、石川の捜査前の儀式のようなものになっていた。

この時は、それが仇《あだ》となった。

いつものように殺害現場の周辺を捜索していると、不審な人物と遭遇した。スーツ姿の男性だ。石川は職務質問をしようと、警察手帳を出しながら男に近づく。

横から、もう一人の男が現れた。手には拳銃《けんじゅう》が握られていた。被害者の死因をすっかり忘れていた自分の間抜けさに気がついた時には、すでに石川の頭部に銃口の狙いが定められていた。

右のこめかみに銃弾を受ける。

意識が遠のくなか、「死にたくない」と思ったことは覚えている。

その後の医師の話によれば、石川の心臓は一度停止したという。除細動器を数回試し、再度心臓を動かすことに成功した、と術後自慢げに言われた。

意識がなくなってからずっと、自分は死んだら一体どこに行くのだろうと考えていた。

心臓が止まり、血液の循環が止まり、体内の細胞が活動を止める。

死とはそういうものなのだろう。

だが、石川の意識は、痛みは、感情は、一体どうなるのか。

肉体とともに、この世から跡形もなく消滅してしまうのか。

「お帰りなさい」と看護師に言われ、意識を取り戻したのが事件の五日後だった。その看護師が、石川が一度死んだことを知っていたのかどうかはわからない。だが、その一言で石川はこの世界に帰って来たことを実感した。

医者からは、一命を取り留めたのは「奇跡」だと言われた。

だが、奇跡には代償がつきものだ。銃弾は脳底動脈という酷《ひど》くデリケートな血管のすぐそばに残ったままで、摘出手術の成功率は一割ほどだと言う。だからといってそのまま弾を放置していても、動脈瘤《りゅう》や鉛中毒になる可能性が高く、余命は一年ほどだと告げられた。八方塞《ふさ》がりとはまさにこのことだ。

石川は生き返った意味を考える。

奇跡が起きた理由を考える。

だがその時はまだ、はっきりとした答えは出てこなかった。

市倉が見舞いに来た日、石川は初めて死者を見た。四、五歳くらいの女の子で、赤いリボンを首に巻いた熊のぬいぐるみを大事そうに抱えていた。病院の中庭で、裸足《はだし》のまじっと石川を見つめていた。

自分の部屋に戻るために病院の廊下を歩いていると、通りすがりの病室から泣き声が聞こえてきた。個室で、父親と母親がベッドに横たわる女の子を囲み、泣いていた。石川は妙な既視感を覚え、病室の入り口の前で立ち止まる。見ると枕元には、赤いリボンを首に巻いた熊のぬいぐるみが置かれていた。ベッドに横たわっているのは、先ほど中庭で見た女の子だった。

「今朝、亡くなられたんです。まだ四歳だったのに」

通りすがりの看護師が、病室を覗く石川に耳打ちした。

それから、これまでに十件近くの殺人事件に携わり、それと同数以上の死者と触れ合ってきた。石川はその、死者と対話できる能力を「コネクト」と名付けた。

脳に損傷を受けたことで、なんらかの作用が発生し、死者と交信できるようになったのだろうか。一度死に、生き返ったことで得た特殊能力なのだろうか。いずれも、定かではない。

石川は死者と対峙《たいじ》していく中で、このコネクトの能力にいくつかのルール、いや、条件のようなものがあることに気がついた。大雑把にまとめるとこうだ。

①死者の近くにいかないとコネクトできない。
②一度でもコネクトできていれば、どこにいても再度コネクトが可能である。
③死者の肉体が消滅すると、コネクトができなくなる。

初めは彼らの言葉を聞き取ることすらできなかった。だが、コネクトを繰り返すうちに、生きている人間と同様に意思疎通ができるようになった。コネクト能力の熟練度が上がることで、彼らの言葉がよりクリアに聞こえるようになり、自由自在に彼らを呼び出すことができるようになった。最近では、稀《まれ》にだが彼らが強く思っていることが直接心の声として届くこともある。生きている人間よりも、よっぽど話しやすい。石川はそう感じていた。

現場に復帰後、石川をライバル視していた立花はさらにつっかかってくるようになり、比嘉という小生意気な準キャリアの検視官も現れた。ただ、環境の変化よりも、自分自身の変化の方が圧倒的に大きい。

退院後、いくつもの事件を死者の声を聴きながら解決していくうちに、石川の心にある思いが芽生え始めた。この能力は、これまで見過ごされてきた数々の死者の無念を晴らすため、天から授かった力なのかもしれない。この能力は神の代弁者の証《あかし》であり、天に代わり悪を裁くために石川に与えられた力なのかもしれない、と。

死者の声を聴き、真実を明らかにする。それはもう、自分にとって義務なのだと、石川は考えるようになっていた。

11

翌日、石川は再び大林の殺害現場を訪れた。現場百遍。石川のモットーだ。現場を再度洗い直し、事件のヒントを探る。残り三日しかない。三日後には大林は荼毘《だび》に付され、石川とコネクトできなくなってしまう。それまでに何としてでも大林を殺した真犯人を見つけ出し、事件を解明しなければならない。

昨日までの雨は上がっていたが、上空は相変わらずの曇り空だった。吹きつける風が冷たく、石川はコートの襟を立てながら、トンネルの中に入る。現場の一角には花束が供えられていた。まだ新しい。おそらく、遺族か会社の同僚が供えたものだろう。事件当初は野次馬が多く、捜査するのも一苦労だったが、事件から二日経ち、解決したと報道された今では、人通りもなく、もの寂しい。事件当時の目撃者が一人もいなかったというのも頷《うなず》ける。

石川はいつもそうするように、ゆっくりと時間をかけて現場周辺を歩いた。

大林が向かった一級河川を望むべく、階段を上る。一番上まで来ると、川が一望できた。向こう岸までが開けて見える。川は上流から大きなカーブを描き、下流へと静かに流れる。川の上には、遊覧船が浮かんでいた。川沿いはコンクリートで舗装され、犬を連れ散歩をする老夫婦やジョギングをする若者らとすれ違った。

付近の聞き込みをすると、やはりこの近辺は滅多に人が通らないことで有名らしく、幽霊が出るという噂もあるらしい。今となっては、あながち間違いではない。

このトンネルを日常的に通るのは、奥にある公園で寝泊まりしているブルーシート住まいの浮浪者くらいだろうと、複数の人から証言を得た。石川はトンネル奥の公園に赴き、ブルーシートの小屋の前に立つ。迷惑そうに応対する男に一升瓶を手渡すと、喜んで事件当時の様子を話し始めた。だが、有益な情報は得られなかった。

それからまた一通り付近の聞き込みを済ませ、石川は殺害現場に戻ってくる。やはり、人影はない。石川はトンネルの入り口で目を閉じ、事件当時の大林を頭の中に思い描く。

大林は傘をさしながらトンネル内に入る。

しばらくして大林は背中の熱さに気がつき、振り返る。犯人は手に包丁を持ち、前屈《まえかが》みになっていた。身長を百六十センチと低く見せかけるためだ。俯《うつむ》いているため、顔がよく見えない。黒いパーカーのフードをかぶっている。

犯人が大林の体を押す。大林の視界は揺れ、ふらつきながらうつ伏せに倒れ込んだ。事態を把握できない大林はしばらくの間横たわるが、肘《ひじ》をつき、上半身を起こそうとする。犯人はそこで、包丁を大林の胸に突き刺した。仰向《あおむ》けに倒れた大林の視界に、大きな男のシルエットが映る。

大林を見下ろし、犯人は胸、腹などを滅多刺しにする。怨恨《えんこん》の線に見せるためだ。消え行く意識の中、何度も自分の胸と腹を刺す鬼の姿が視界に入る。大林はそれを、微《かす》かに覚えていた。男はこの時、フードをかぶっていなかった。相手にとどめを刺すときはフードを脱ぐ。それが、この男の流儀なのかもしれない。額に鬼の角のような突起がある、背の高い大きな男。ひとしきり刺し終えたあと、犯人はパーカーのフードをかぶり直し、その場をあとにする。

その後、犯人はもう一度現場に戻り、大林を再度、刺した。何のために？　石川は考えるも、可能性として考えられることは一つしか浮かばなかった。そう、益田だ。益田清香を何らかの形で拉致《らち》し、彼女の衣服に、大林の血液を付着させる。そのために現場に戻るという危険を冒した。益田の足跡もその時につけたのだろう。

だが、疑問も残る。誰が益田を拉致したのか、だ。おそらく、大林を殺した鬼は、益田と接触する暇はなかったはずだ。とすれば誰かもう一人、実行犯が存在することになる。それは誰だ？

早朝の四時五十分、第一発見者である新聞配達の青年がこの道をバイクで通過する。最初、酔っぱらいが道で寝ているのだろうと見向きもしなかったが、バイクのタイヤが赤い血を引いたことに気がつき、その場で一一〇番に電話をかけた。

石川が当時の様子をシミュレーションしていると、背中に誰かの視線を感じた。四ヶ月前の銃撃事件を思い出す。犯人は現場に戻って来る。その可能性がゼロではないことを、石川は身を以《もっ》て知っていた。

こちらが気付いていることを相手に悟られないよう、石川は歩みを進める。トンネルを抜けたところですぐに左に折れ、電柱の陰に隠れる。胸の拳銃《けんじゅう》に手を伸ばす。石川は銃撃事件後、再び襲われる危険があるとして、万一の場合に備え特別に拳銃の携帯を許可されていた。しばらくすると、衣擦《きぬず》れの音が聞こえ、足音が近づいてきた。

石川は電柱の陰から身を乗り出し、銃を構えた。正面に立つ人物に銃口を向ける。相手は驚いた表情を浮かべ、その場に倒れ込む。右手に持つビデオカメラをかばうようにして、肘からこけた。

「きゃあ」

甲高い悲鳴が聞こえる。だがその人物はすぐに立ち上がり、両手を挙げた。白色に近い金髪は長く、肌が白い。二十代半ばくらいの女性だ。

「あ、怪しいものではないです」

革ジャンに紫のパーカー、明るい緑のスカートを穿《は》き、その下はグレイのストッキングで、エンジニアブーツを履いている。奇抜なファッションだな、と石川は思った。

「後ろを向け」

女性は石川の指示通り素早く後ろを向いた。背には黒い熊のようなキャラクターを模したリュックサックを背負っている。石川は女性を壁際に立たせ、上着や腰周り、足下などを丹念に調べる。

「ちょっと、どこ触ってるんですか」

女性が金切り声を上げる。

「うるさい」

石川はリュックサックの中身を調べる。スワロフスキーでデコレートされたノートパソコン、ピンク革の手帳と虎柄のペンケース、虹色《にじいろ》の定期入れの中には免許証、名刺が入っていた。瀬戸内真里亜《せとうちまりあ》、肩書きはジャーナリストとなっている。新聞社や出版社に所属している様子はない。フリーのジャーナリストか。

「記者か」

「記者じゃないです。名刺に書いてあるでしょ？　ジャーナリストです、ジャーナリスト。あの、もういいでしょ？」

「いいわけないだろ。こんなところで、何をしている」

石川は、体を前に向けようとした瀬戸内の首筋に拳銃を突きつける。こんなところを立花に見られでもしたら、越権行為だと怒鳴られるかもしれない。だが、万が一彼女が嘘をついているとしたら、こちらの身が危ない。背中越しに瀬戸内の動揺が伝わって来る。

「わかりました。話すから、銃を下げてもらえませんか？　本当に、怪しいものじゃないから。むしろ、考えはあなたに近いと思うから」

「どういうことだ？」

「――このままじゃ、説明できない」

石川は瀬戸内の言葉の意味を考える。首筋の拳銃を下ろした。瀬戸内はちらちらと後ろの様子を窺《うかが》いながら、石川が銃を下ろしたことを確認すると、さっと振り返った。金色の髪が舞う。五十センチほどの至近距離で、石川は瀬戸内を観察する。色白の肌に、ツケまつ毛なのか目力が凄《すご》く、唇は鮮やかに赤い。どこからどう見てもジャーナリストには見えない。

「見た目では記事を書けないわ」石川の気持ちを見通したかのように、瀬戸内が言う。

「真面目な格好をしているからといって、優秀なジャーナリストだとは限らない」

瀬戸内はそう言うと一歩前に出て、石川を見上げた。身長は百六十センチ丁度くらいだろう。

「大林智志を殺した真犯人は、別にいる」

瀬戸内の言葉に、石川は眉《まゆ》をひそめた。

「その根拠は？」

石川の反応に、瀬戸内は真っ赤な唇の端を上げる。

「捜査一課の刑事が、事件解決後も現場に来て検証を続けている。ジャーナリストが疑う根拠としては、充分じゃない？」

瀬戸内はそう言い放ち、石川の反応を見る。石川の顔色をリトマス試験紙として利用するつもりなのだろう。石川はとりあえず、目の前の女性が今回の事件に直接の関わりを持っていないだろうと判断した。見た目はさておき、間違いなくジャーナリストだろう。

そうであれば、彼女に情報を渡すのは得策ではない。

石川は質問には答えず、踵《きびす》を返しその場をあとにすることにした。

「沈黙は正解と捉《とら》えますけど──」

背中越しに、瀬戸内の甲高い声が聞こえる。相手にしている時間はない。

石川は歩きながら、比嘉に電話をかける。今の自分のイメージが果たして現実的にあり得るのか、大林の検視、解剖を担当した比嘉の意見を聞きたかった。十回呼び出し音が鳴ったあと、留守番電話に切り替わる。石川はため息をつく。

比嘉は歳も若く生意気な面も多々あるが、検視の腕は確かで、これまでにベテラン検視官でも見落としそうな僅《わず》かな証拠をいくつも暴き、事件解決に役立ててきた。最初は疑心暗鬼だった捜査一課の面々も皆、彼女の実力を認めている。立花とはソリが合わないのか、いつも口喧嘩《くちげんか》が絶えないが、それでもこと捜査における検視の腕は、その立花ですら認めざるを得ないものだ。しかも比嘉は特別検視官として司法解剖も出来る。こんなことであれば昨日、もっと話を聞いておくべきだったと石川は後悔をする。

地下鉄の改札を通る直前、携帯が震えた。後ろのサラリーマンに前を譲り、地上への階段付近まで戻る。比嘉からだった。

「珍しいじゃない。あなたから電話をかけて来るなんて。何かあったの？」

「実は、折り入って相談したいことがあるんだが、今からいいか？」

「まあいいわ、と言いたいところなんだけど、私、いま検視中なの。政治家秘書の自殺でね。緊急じゃなければ、あとにしてもらえるかしら」

政治家秘書、という響きが石川の耳に残った。

「ちなみに、その政治家というのは？」

「ほら、あの有名な政治家よ。今、汚職問題で話題になってる」

石川は週刊誌で読んだ記事を思い出した。

「――生田丈太郎《いくたじょうたろう》」

「そう。その人の秘書」

与党幹部の生田丈太郎が、企業から不正な形で献金を受けていた、という疑惑が国会の討論で野党側からあがった。生田は無実を訴えていたがその企業側から証拠となる取引明細が出て来たため、国会は荒れに荒れた。

ちょうど与党の総裁選が近づいていた時で、三人の立候補者の中には生田の名前も挙がっていた。だが、不正献金の疑惑が晴れない限り、出馬は無理だろうというのが一般的な意見だった。そのタイミングでの秘書の自殺。石川の脳裏に、一つのシナリオが浮かび上がる。

「その自殺というのは、まさか」

「そのまさかよ。ご丁寧に遺書が添えられてたわ。『今回の生田丈太郎先生における不動産会社からの不正献金の件につきましては、すべて担当秘書であった私、柿生勝《かきおまさる》の一存で行ったことであり、生田丈太郎先生には何の関係もございません。先生の経歴に傷をつけるような行為をしたことを、死んでお詫《わ》びしたいと思います。この度は申し訳ございませんでした』」

比嘉が棒読みで言う。おそらく、実際に書かれた遺書を読み上げているのだろう。

「匂うな」

「でしょ？　もう、この文面からして『私は殺されました』と言ってるようなものよ。けど」

「けど？」

「証拠がない。これから遺留品の調査など行うけど、今のところは自殺以外の可能性はないわ。調べても、おそらく何も出てこないんじゃないかしら。彼が自殺じゃないとしたら、プロの犯行でしょうね」

「現場は？」

「茅場町《かやばちょう》のビジネスホテル」

「近いな」石川は奇妙な胸騒ぎを覚える。「今からそっちに行く」

電話を切り、地上に出る。通りに出てタクシーを拾った。道は比較的空《す》いていて、十分ほどで現場に到着した。十階建ての古びたビジネスホテルだ。制服警官が二人、入り口に立っている。二台のパトカーと、救急車が道路脇で待機していた。

「早速事件ですか」

振り返ると、瀬戸内がビデオカメラ片手にホテルの外観を撮影していた。彼女の素性を知らなければ、東京に観光に来た派手な田舎者にしか見えない。これはこれで、変装という意味では効果があるのかもしれないと石川は感心した。

「お前」そう口にして、気がついた。「尾行してきたのか」

「気がつかないなんて、ひょっとしたら二流ですか？　刑事さん」

瀬戸内が笑う。手にはヘルメットを持っていた。道路脇に、タンクがピンクにカラーリングされたヤマハのTWが停められている。

「生田丈太郎の秘書、柿生勝三十二歳。自殺、したの？」

瀬戸内は耳にイヤホンをつけている。耳に入った情報をそのまま口にしているようだった。ひょっとすると、誰かと通話中なのかもしれない。

「仕事の受付兼情報収集係と二十四時間ネットで繋《つな》がってるの。いわばデスクみたいなものね。私が仕入れた情報を彼に渡して、彼が各メディアにそれを配信する。私が知りたい情報を彼が教えてくれることもある」

瀬戸内はイヤホンの先に繋がるスマートフォンをポケットから取り出した。石川は、ずっと通話中なのかと、通話代と電池の減りが気になった。

「石川さんについてて正解だったわ。早速スクープにありつけるなんて」

言いながら、瀬戸内はビデオカメラを回す。

「政治家秘書の自殺が、そんなに大きなスクープなのか」

「あなた、生田丈太郎を知らないの？」

「与党の大臣だろう。それくらい、わかる」

「わかってないわ。まあ、普通に新聞読んでるくらいじゃわからないでしょうけど、今、与党内では一、二を争う権力者で、正直、次期総裁候補の筆頭よ。それに、彼が総理になれば日本は大きく変わる。まあ、彼の凄さは会って初めてわかると思うけど」

「ジャーナリストなら、その生田の凄さを言葉で表現してくれよ」

「あら石川さん、うまいこと言うわね」

石川は自分の名前を呼ばれ驚く。自己紹介をした覚えはない。警察手帳すら見せていないのだ。瀬戸内の赤い唇が弧を描く。

「この世界は情報が全てなの。ジャーナリストが相手のことを知らずに尾行すると思う？　最初から石川さんの名前を呼んでたら、警戒して私の話を聞いてくれなかったでしょう」

石川は息を飲んだ。どこで自分の素性がバレたのだろうと考えるも、それくらいの情報であれば少し調べればわかるはずだと結論づける。石川も事件解決のために、情報屋に仕事を依頼することがある。石川が使う情報屋や便利屋は、法の網の目をかいくぐり、中には非合法ど真ん中のことをやって情報を得る者もいる。石川はその手法を市倉から学んだ。

刑事になりたての頃は、そんな業者を使うのはもっての外だったのだが、死者の声が聞こえるようになってからは、手段を選ばなくなっていた。真犯人が捕まれば手段などどうでもいい。むしろ、答えを知っているにもかかわらず、そこに至らない方が罪である、と石川は考えるようになった。

瀬戸内を見る。見かけによらず、案外しっかりしたジャーナリストなのかもしれない、と石川は考えを改める。

「仕事サボってデートですか」

ホテルの入口から比嘉が現れた。相変わらずのジャケットにタイトスカートといった出《い》で立ちで、もちろん、警視庁のジャンパーは着ていない。比嘉の後ろから、ストレッチャーに載ったグレイの死体袋が運び出される。その様子を、瀬戸内がカメラでじっと撮影していた。

「おい、やめろ」

石川は瀬戸内のカメラを取り上げる。

「ちょっと、何するのよ」

瀬戸内の手が届かないよう、カメラを右手で持ち上げる。

「ねえ、私に用があったんじゃないの？　イチャイチャするなら別の場所でしてもらえない？」

比嘉が腕を組み、石川に抱きつく形になった瀬戸内を見つめたあと、あきれたようにつぶやいた。

「そんなんじゃない」

石川はカメラからバッテリーを取り出し、瀬戸内に返す。あああ、と瀬戸内が唸《うな》り、比嘉を見た。瀬戸内は石川の背中に隠れ、耳打ちした。

「誰？　彼女も刑事なの？」

「検視官様だよ。階級は俺よりも二つ上」

そう言うと、瀬戸内が驚いたようにのけ反った。

「こ、こんな女が検視官？　何かの間違いでしょ？」

「ちょっと何なの、この失礼な勘違い原宿系は」

比嘉が明らかな不快感を表す。瀬戸内はリュックから名刺を取り出し、比嘉に片手で手渡した。

「誰が勘違い原宿系よ。あなたなんか検視官のくせに警視庁のジャンパーも着てないじゃない。そういう人に、人のファッションを馬鹿にされたくないわ」

「あんなダサイもの着れるわけないでしょ」

比嘉が怒鳴る。ちょうどホテルから出て来た鑑識係員達が、舌打ちをしながらその場を去る。

「まあ、あのジャンパーがダサイのは認めますけど、それを検視官として言っちゃうのは問題なんじゃないですか？　そんな性根の腐った小生意気な女検視官が検視をやってるなんて、警察としてまずいんじゃないですか？　初動捜査に問題があったかもしれないですね。ええと、お名前とこれまでに担当した事件を教えてもらっていいですか。誤認逮捕がなかったか、徹底的に調べてみようと思いますので」

瀬戸内は笑いながら、丁寧な口調で言った。だが、むき出しの敵意は隠すつもりはないようだ。

「あなた、ひょっとしてだけど」比嘉が組んでいた腕を腰にあてる。「私に喧嘩《けんか》売ってる？」

その場に居づらくなった石川は、救急車の方へ向かう。これ以上、女性のいがみ合いに巻き込まれたくないのと、自殺した柿生勝の様子を窺《うかが》うためだ。意識を集中させると、ホテル脇に置かれた瀬戸内のバイクの側に、背広を着た男が佇《たたず》んでいるのが見えた。黒ぶちの眼鏡をかけ髪を七三にわけた、小柄な男性だ。先ほどまではいなかった。石川はその男性に近づく。

「柿生勝さん……ですか？」

男がこちらを見た。生気のない、死者特有の顔つきをしている。三十二歳だというが、大学生だと言われても信じてしまうくらい、幼い顔立ちをしていた。

「僕は一体、ここで何をしてるんでしょうか」

柿生は小声で、口をほとんど動かさずに言った。

「あなたは、死んだんです」

「僕は、死んだ」

柿生は石川の言葉を噛《か》み締めるように言った。石川は頷《うなず》く。

「このホテルの五階で、首を吊《つ》って自殺したんです」

柿生が顔を上げる。心底驚いた表情で、石川を見た。

「僕が自殺？　何で」

「生田丈太郎の不正献金は全て自分の独断で進めたものであり、生田丈太郎本人にはまったく非は無く、迷惑をかけたことを死んで詫《わ》びる、と」

石川は比嘉から聞いた柿生の遺書を要約して伝える。柿生は上唇を舌で舐《な》め回す。

「いや、だから、柿生さん。あなたが」

「誰が？」

「何で？」

会話がかみ合わない。石川はその理由を考える。結論は一つ。まだ、柿生は自分の死を受け入れていないのだ。石川の経験上、自分の死を受け入れられない死者もいる。そんな時は根気よく話し続けることが重要だ。話をしているうちに生前の記憶が蘇《よみがえ》り、自分がどうやって死んだのかを思い出すことができる。

「馬鹿なことを言わないでください。現に、私はあなたとこうして話をしているじゃないですか」

「あなたの姿は私にしか見えていません」

「そんな馬鹿な」

言いかけて、柿生の動きが止まる。しばらくすると、頭を抱えてぶつぶつとつぶやき始めた。石川の方を向いたあと、道路に飛び出した。柿生の前にタクシーが迫る。柿生は目を瞑《つぶ》り、その場に立ち尽くしたままだ。

タクシーが柿生をすり抜けて進む。それから何台も車が柿生を通りすぎて行く。再び柿生が目を開けると、彼の前に大型のトラックが迫った。柿生は尻餅《しりもち》をつくが、トラックはそのまま何事もないように柿生をすり抜ける。柿生が絶望しきった顔で、石川を見た。石川は頷いた。

柿生がとぼとぼと石川の元に戻って来る。その間にも何台もの車が柿生をすり抜ける。柿生が自分のことを死者だと実感したのと同じく、石川もまた、自分が死者と対峙《たいじ》していることを再認識した。他人には見えていないものが、石川には見えている。

「僕は自殺なんかしてない！」柿生が口角泡を飛ばす。「殺されたんだ。不正献金を僕の独断で進めた？　僕は全く知らない！　どうやったらこんな若造が、大企業から隠れて献金を受けられるって言うんだ。童顔野郎って馬鹿にされてあしらわれるのがオチだ。無理だよ、無理に決まってる。僕は責任をなすり付けられて殺されたんだ」

柿生は人が変わったように叫んだ。一見おとなしそうな人物ほど、切れたら何をしでかすかわからない。石川は深呼吸をし、ゆっくりとした口調で訊《たず》ねる。

「柿生さん。殺されたというのであれば、一体誰に殺されたんですか？」

柿生がじっと石川を見つめた。一歩、一歩と石川に近づいて来る。立ち止まり、石川を見上げる。身長差は三十センチほどだ。柿生はまた、上唇を舌で舐め回したあと、言った。

「鬼だ。鬼に、殺された」

12

石川は、大林の言葉を思い出していた。

「そうです、角の生えた、鬼のような男です」

目の前の柿生も同じく、自分を殺したのは鬼だと言っている。

「鬼……」

石川はその単語を口にする。だが、現実味はまるでない。どうしても、昔話の赤鬼、青鬼が脳裏に浮かぶ。

「鬼というか、鬼のような角が額にありました。丸坊主だったと思います。大きな男で、全身黒ずくめでした」

全身黒ずくめで丸坊主の大男……。おまけに、額には鬼のような角が生えている。そんな人物なら、目立って仕方がないだろう。ホテルの監視カメラを調べれば、何か出てくるかもしれない。

「ホテルについてから、ずっとパソコンで作業をしていました。それで、何時だったのかはわかりませんが、眠ってしまったんだと思います。コンビニで買った弁当と飲み物を飲んだあとだったと思います。次に気がついた時は、縄で首を絞められていました。その時、目の前に、その、鬼が、いたんです」

柿生はその時のことを思い出したのか、首の辺りを両手でべたべたと触りまくった。自分の体に異常がないかを確かめるようにひとしきり触ったあと、柿生は深いため息をついた。

柿生の口調の変化から、彼が落ち着いてきたことがわかった。まだ若干情緒は不安定だが、先ほどよりはマシだ。石川は質問を始める。

「このホテルへは、一人で？」

「ええ。先生がこれから総裁選に立候補されるので、その資料作りに籠《こも》ろうと思いまして。何せ明日《あした》の昼までに資料を作り終えなければいけなかったので」

「その指示を出したのは、生田丈太郎本人ですか？」

「いえ、佐野《さの》さんという、秘書のリーダーを務める方です。それが何か？」

「柿生さん、あなたがここに来ていることを知っている人物は？」

「――佐野さん、だけだと思います。昨日の帰り際、急に呼び出されて資料作成を頼まれた時は、事務所には他に誰もいませんでしたので……」

柿生がはっと顔を上げる。石川は頷いた。

「その佐野という男が怪しいですね」

「そんな……佐野さんが？　まさか……」柿生は独り言をぶつぶつと言い始める。考え込んだ様子で、足下をぐるぐると円を描くようにゆっくり回り始めた。「――そんな」

「あなたの死が自殺ではないとするならば、おそらくその佐野という人物があなたを自殺に見せかけて殺したのでしょう」石川は自分で言いながら、一つの仮説にたどり着いた。「もしかして佐野が鬼、ですか」

「違います。佐野さんはもっとこう、スタイリッシュで……学生の頃は雑誌モデルをやってたっていうくらいの色男で、鬼とは似ても似つかないです。それに仕事もできるし、僕から見たら、完璧《かんぺき》な人間です。頭も切れるし……けど……」

柿生は頭を抱える。

「佐野が依頼して、鬼が実行した。そう考えるのが自然でしょう」

柿生は両手で頭をかきむしりまくったあと、石川を見た。その目は何かしらの決断をした目だった。

「あの、ひとつお願いがあるのですが、いいですか」

石川は頷く。

「私のマンションに、生田先生の疎開資料があります」

「疎開資料?」

「裏帳簿とか、ライバル議員の情報を独自に調べた資料など、色々と公にバレたらまずいものが、私の家に保管してあるんです。その中に、佐野さんから依頼されたちょっとやばい資料がいくつかあって……。それがあれば、僕が自殺ではなく、誰かに殺されたという証明になりますでしょうか?」

今回の柿生の死と、その疎開資料の関連性は低いだろうと石川は考える。だが、その資料を元に、佐野という男を揺さぶることができるかもしれない。

「——その、資料によると思います」

石川はそう答え、柿生の反応を窺う。

「お願いします。その資料を一緒に取りに行っていただけませんか?」

ホテルの前に戻ると、まだ比嘉と瀬戸内が口論を続けていた。石川は通りがかった鑑識の一人にホテルの監視カメラの映像を調べて欲しいと依頼したあと、二人に気付かれないようタクシーを拾った。柿生の自宅マンションがある目黒へと向かう。

三十分程タクシーを走らせると、柿生が「あのマンションです」と声をかけた。高層マンションの前でタクシーを止める。政治家の秘書というのはこんなに高給取りなのかと思えるほど、豪華なマンションだった。

柿生の指示通り一〇一二号室の郵便受けに手を入れる。郵便受けの上部にテープでキーが貼り付けられていた。

「万一の場合、私以外の人が疎開資料を引き取りに来れるように、合鍵《あいかぎ》を用意しているんです」

鍵を差しひねると、重厚なエントランスの扉が開いた。そのまま奥にあるエレベーターに乗る。ホテルのような柔らかい絨毯《じゅうたん》に石川の靴底が沈む。

柿生の自室はきれいに整理されていた。2ＬＤＫと、単身の住まいとしては広い。リビングは高そうなソファに大型テレビ、白と黒の家具で統一されていて、生活感があまり感じられない。

「あれ……」

柿生がリビングに入るや否や、部屋の中を見渡す。

「どうかしましたか？」

「いえ……なんでもない、です」

石川が訊ねるも、柿生は歯切れが悪い。書斎へと続く扉を開く。中は八畳程の広さで、奥に黒いデスクと座り心地の良さそうな椅子が備えられていた。それを囲むように、壁一面には本棚が作り付けられており、様々な書籍がびっしりと並べられている。

「おかしい」柿生がつぶやき、部屋の中をウロウロと歩き回る。「部屋のレイアウトが、変わっています」

「え？」

「机の位置が変わっています。ここに机があって、その上下に段ボールを置いていたんですが」

「記憶違いではないですか？」

「間違えるわけがないです。自分の家ですよ。それに、リビングや寝室も綺麗《きれい》になっています」

「え？」

「僕、自慢じゃないんですが、そんなに部屋を綺麗にするタイプではないんで……。家具は全部このマンションに入った時に、佐野さんから引っ越し祝いとしてもらったものばかりなんです」

「てっきり私は、綺麗好きなものだとばかり……」

「リビングだって、洗濯物とコンビニ弁当のゴミばかりでした」

石川は机の上を指でなぞる。埃《ほこり》ひとつ、落ちていない。

「その棚を開けてもらっていいですか？」

柿生は机の隣にあるリビングチェストを指差した。横二列縦五列ある、一番左下の引き出しだ。だが、中には何も入っていなかった。

「その上もお願いします」

上の引き出しにはハサミやガムテープなどが保管されていた。全ての引き出しを開けていく。徐々に柿生の顔色が青くなっていく。

「——ない。疎開資料が、跡形も無くなっています」

「おそらく、佐野が回収したんでしょう」

石川が言うと、まさか、と柿生が声を上げる。だが、すぐに思い直した様子で「佐野さん、極度の綺麗好きだから……」とつぶやいた。「けど、そこまでしますか、普通」

「普通はしないでしょう。ですが、現にあなたは自殺に見せかけて殺されている。部屋に忍び込み、自分にとって都合の悪い資料を処理することは、それに比べれば些《さ》細《さい》なことだと思いますが」

石川の言葉に、柿生が力なくうなだれた。

疎開資料を引き上げることで起こる違和感を、部屋のレイアウトを変更することで無くしたのだ。佐野という男の徹底ぶりに石川は驚いた。柿生の話からすると、佐野は極度の綺麗好きで、この家全体を綺麗に掃除した可能性が高い。おそらく、指紋の一つも残っていないだろう。この部屋には何もない、石川はそう判断した。

「他に何か、あなたが自殺ではないという証拠はありますか」

念のため、石川は柿生に訊《たず》ねる。柿生は押し黙ったまま、呆然《ぼうぜん》と自室を眺めるだけだった。

ふと、机の上に置かれた黒革の手帳に目が留まる。石川はそれを手に取り、パラパラとめくった。見覚えのある手帳だった。最近、どこかで見た記憶がある。

「柿生さん、この手帳は？」

「ああ、それですか。生田先生から、秘書になった時にプレゼントされたんです。黒革の手帳とモンブランの万年筆。一流の人間に仕えるなら、まずは一流の物を使い込め、と教えられました」

「これは、あなただけに？」

「いえ。秘書には必ずプレゼントされたようです。私の先輩、後輩秘書も皆使っていました」

石川の脳裏に大林の顔が浮かぶ。そうだ、大林の部屋で同じ黒革の手帳を見たのだ。

「――大林、という方をご存じですか？」

「大林？　大林……智志さん、ですか」

柿生は首を傾げたあと、ポンと手を叩《たた》く。

「ご存じも何も、僕に秘書としての仕事を一から教えてくれたのが、その大林さんです。五、六年前に秘書を辞められてから、民間企業に就職されたと聞いてますが」

「一緒に働いてたんですか」

「ええ。期間としてはたぶん二、三年の間くらいだと思いますが」

二つの点が、一つの線で繋《つな》がった。大林と柿生、鬼と生田の秘書。

石川は書斎の机の前で、大林とのコネクトを試みる。視界の先に、大林が現れた。

別々の場所で死んだ二人の死者とそれぞれコネクトするのは初めてのことだった。うまくできるかどうか心配だったが、問題ないようでほっとした。

「大林さん。桐生建設に入社する前、政治家の生田丈太郎の秘書をしていたというのは本当ですか」

前置きも無しに、石川は大林に訊ねる。大林は周囲を見渡しながら答える。

「ええ。正確には、桐生建設に入社する前、二年ほど保険代理店に勤めていましたが、それ以前は生田先生のところで秘書としてお世話になっていました」

「ここにいる柿生さんはご存知ですか」

石川は左手に立つ柿生を見る。

「柿生？　ええ。秘書時代の柿生なら。ですが、どこに」

大林は部屋の中を見渡すそぶりをする。

「先ほど、柿生さんが遺体で発見されました。それで、ここにいるのですが」

石川は柿生の側に立つ。だが、大林は首を傾げるだけだ。

「柿生さん、大林さんの姿は見えますか？」

横に立つ柿生に訊ねるも、首を横に振り「え？　大林さんも亡くなったんですか？」と驚くだけだった。

石川自身は死者とコネクトし交信できているが、死者同士は交信できないようだった。お互いの姿すら、見えていない。これまでの経験上、同じ現場にいた複数の死者とのコネクトは容易にできたはずだった。

おそらく、別々の場所で死んだ死者を引き合わせるのには石川の熟練度が足りないということなのだろう。そう石川は結論付け、大林、柿生の双方から話を聞くことにした。

「大林さん、生田の秘書を務めていたのはいつからいつまでですか？」

「確か、今から十五年程前です。以後十年ほど、生田先生の元で働いていました」

「柿生さんと一緒だった時期は？」

「二、三年ほどでしょうか。私が彼の教育係で、よく飲みにも行っていました」

二人の証言が一致する。石川は一つの仮説を立て、それを二人にぶつけてみることにした。

「柿生さんと一緒に秘書をやっていた時期に、生田丈太郎に関する重大な秘密を知ったりしましたか？」

「重大な秘密？」

石川は頷《うなず》く。二人は口封じで殺された可能性がある。大林は痴情のもつれ、柿生は自殺という形で、「鬼」に殺された。依頼者は政治家の生田丈太郎、もしくは秘書の佐野という男だ。生田の重大な秘密を知っているがために、彼らは殺された。

「特に、ないですね。生田先生には良くしていただきました。あんな人格者はそうそういませんよ。最近は不正献金の疑惑をかけられていましたが」

「ご存じだったのですか」

大林は頷く。

「一応、新聞をチェックしている程度ではありますが。何より、今の日本の政界にはなくてはならないお方です。気にならない方がおかしいですよ」

生田の元秘書だったと、早く言ってくれればよかったのに、と石川は喉《のど》から出かかるが止めた。捜査資料に記載はあったはずだ。現場捜査を焦るあまり詳細まで読み込まなかった自分の落ち度でしかない。

「その不正献金ですが、どうやら生田丈太郎の疑いは晴れたようですよ。柿生さんが一人でやったと、責任を取って自殺されましたから」

「僕は不正献金なんかやっていない！」

柿生が叫ぶ。石川の声は二人に聞こえているようだ。

「あの柿生くんが？　信じられないな……。真面目で、いつか自分も政界に進出したいと言っていたんですが。まあ、政治の世界は闇が深いですから、いつ飲み込まれてもおかしくないのかもしれません。この部屋は、柿生くんの？」

大林が訊ねたので、石川は頷いた。

「立派なところに住んで……」

大林は書斎を見渡す。

「あの、今、大林さんと話をしてるんですか？　だったら、僕は不正献金なんてやっていないって、ちゃんと説明してくださいよ」

石川は柿生をなだめながら、一つの疑問が浮かんだ。石川は携帯を手に取り、履歴から比嘉に電話をかける。ワンコールで繋がった。

「あのさ、あなた、勝手にどこほっつき歩いてるの？」

開口一番、比嘉の怒鳴り声が電話越しに響く。その声量に、大林と柿生も驚いていた。

「すまん。突然、急用を思い出して。怒ってるのか？」

「怒ってなんかないわよ。ただ、あの女が許せないだけ。なんなの、あのジャーナリスト気取りの金髪女は。奇抜なのは見た目だけにして欲しいわ。私が扱った過去の事件を根掘り葉掘り聞いてきて、うざいったらありゃしない」

「それは俺のせいじゃない」

「あなたが連れて来たんでしょう？」

「勝手に尾行《つけ》てきただけだよ」

「捜査一課の刑事を尾行ようなんて、大胆な女ね」

比嘉の怒りに火がつきそうだったので、早速本題に入る。

「実は、折り入ってお願いがある」

「さっきの件？　相談だって言ってたけど」

石川は、先ほど比嘉に連絡を取った経緯を思い出した。大林殺害のイメージについて、益田の犯行と言いきっていいのかどうか、実際に解剖をした比嘉の意見を聞きたかったのだ。石川は、自分の推理をかいつまんで説明する。大林殺害の犯人は別にいて、益田はただ巻き込まれただけなのだと。

比嘉の回答は意外にも「無くはない」というものだった。だが、物証がないとどうしようもないと言う。確かにその通りだ。

「で、どうするつもり？　一度解決した事件をほじくりかえすのは骨が折れるわよ」

「――ああ。だから折り入ってお願いがある。ここ一年間に起きた事件、事故、自殺で死んだ人のリストが欲しい」

電話の向こうでため息が聞こえる。

「あのね、都内だけで年間の死亡者がどれくらいいるか知ってて言ってるの？」

「――二万人」石川が自信なげに言うと、比嘉が言葉をかぶせるように答える。

「十万人以上よ。全く、一体何に使うのよ、そんなもの」

比嘉がため息まじりに訊《たず》ねる。石川は目の前にいる大林と柿生を見つめる。

「確かめたいことがあるんだ」

13

三軒茶屋《さんげんぢゃや》にあるミニシアターではホラー映画特集と称し、過去の名作映画を日替わりで上映していた。一体誰が観に来るのかと思っていたが、これがなかなかどうして好評らしく、今回で七回目らしい。今、上映中の作品は死者が見える少年の物語だ。映画の冒頭から観ていたが、三十分程経ってから、以前に一度観たことがある作品だと思い出した。

石川は座席に体を預けながら、死者が見える少年と自分を重ねる。自分の境遇を共感できる人物がスクリーンに映し出されていることに、えも言われぬ安心感を覚えた。百五十席程の館内は人がまばらで、おそらく十数人しか客は入っていない。だが、少なくともこの十数人は死者が見える主人公に共感しているはずだ。それが何故か、無性に嬉《うれ》しかった。

石川の隣に男が座った。暗がりで姿はよく見えないが、煙草の匂いがきつい。暖房が効いた映画館の中だというのに、男はコートを着たまま座っている。横顔を見ると、サングラスをかけていた。手に持ったポップコーンのカップを、石川に差し出す。石川はそれを受け取り、代わりに胸ポケットから取り出した厚さ一センチ程の封筒を手渡した。男はサングラスをずらし、封筒の口を開け中身を確認する。コートのポケットに封筒を突っ込むと、座席に深く腰を落とした。

「この映画の結末、知ってますか？」

男が小声で話しかけてくる。ニコチンとコーヒーが混じった口臭が、石川の鼻を襲う。暗闇にまぎれしかめ面をしながら、上映中の映画の結末を思い出す。

心を閉ざした少年と、彼を救おうとする小児精神科医。少年は死者の姿が見え、いつもその影に怯《おび》えていた。小児精神科医は少年と共に彼の前に現れる死者の無念を晴らしていき、いつしか二人の間に絆《きずな》が芽生える。それから。

それから、その小児精神科医も実は死者だった、というオチだ。

死者とコネクトできる石川の能力は、はっきり言って現実離れしている。それこそ、映画の中の話だ。現実には、歩き回る死者の姿など見えないし、死者と対話をするなんてことはあり得ない。物語の中だから許される行為だ。だが、現に石川は死者と出会い、話を聞き、言葉を交わす。その事実は一体、何だというのだろうか。

ひょっとしたら自分はすでに死んでいて、これは夢の中の出来事なのではないかと思うことがある。銃口を向けられたあの瞬間に、石川の命は終わっていたのだと。

脳裏に、石川を銃撃した男の姿が蘇《よみがえ》る。だが、いくら目を凝らしても、その男の表情は漆黒に包まれていて、見えない。

「——初見の時は驚きました。私が映画館で三回も見直したのは、後にも先にもこの作品くらいですよ、石川さん」

男の名は、喜多見俊一《きたみしゅんいち》。腕利きの情報屋だ。ヤクザの末端で、小遣い稼ぎに情報屋を営んでいたが、最近では本業よりもずっと稼ぎがいいといつかの電話でこぼしていたことを思い出した。

「そっちも、結構面白い内容ですから」

そう言うと喜多見は席を立った。ポップコーンのカップの中には、携帯電話サイズの黒い箱が入っていた。

石川はそれから十分程映画を観続け、終盤の盛り上がりに差し掛かったところで席を立った。主人公がまだ、自分が死者だと気付く前だ。カップの中から黒い箱を取り出し、ポップコーンをゴミ箱に捨て、そのまま映画館をあとにした。

石川は駅前の喫茶店に入り、バッグの中からノートパソコンを取り出した。電源を入れ、先ほど喜多見から受け取った黒い箱を開ける。中にはSDカードが入っていた。石川はそれを取り出し、ノートパソコンの側面に突き刺す。カリカリと読み込みの音が鳴り、画面にSDカードのアイコンが現れた。ダブルクリックすると、フォルダの中に画像とテキストデータが入っていた。それぞれのデータを開く。

複数の人物の顔写真が画面一杯に現れる。テキストのデータと照合し、大林と柿生がいることを確認する。石川は自然と微笑んだ。生田丈太郎の歴代秘書の名前と経歴、住所と顔写真のデータだ。二〇〇〇年から現在に至るまでの総勢三十二人。その数が多いのか少ないのか、石川には判断できなかったが、よくもここまで調べられるものだと喜多見の腕に感心した。

メールソフトを起動させると、新着メールを受信した。比嘉からだ。頼んでいたリストが添付されている。「このお返しは高くつきますので、何卒《なにとぞ》よろしくお願い致します」という言葉が添えられていた。

先ほど比嘉から携帯メールに届いたパスワードを入力し、データのロックを解除する。名前と生年月日、住所と死因が記載されたリストが現れた。十一万三十二人の、死者のリストだ。

喜多見のデータと比嘉のデータを照合させる。演算は一瞬で終わった。重複する名前が三件。大林智志と柿生勝、そして、あと一人。

戸口《とぐち》悟郎《ごろう》。

14

一ヶ月前の一月九日、豊島区の路上で一人の男性が殺害された。男の名は戸口悟郎、四十九歳。自動販売機の前で、撲殺死体として発見された。凶器は鉄パイプで、二十メートル先の空き地に投げ捨てられていた。死因は脳挫傷《ざしょう》。腕や足、肋骨《ろっこつ》や背骨など数十カ所を骨折しており、発見当時の戸口の顔は通常の二倍ほどに腫《は》れあがっていたという。

犯人は地元に住む塗装工の若者で、犯行後、逃走の途中に国道を横切ろうとしてトラックに衝突、救急病院に運び込まれるも間もなく死亡した。犯行に使われた鉄パイプには若者の指紋がべったりと付いており、その若者の衣服には戸口の血液が付着していた。

戸口は生田丈太郎の秘書を六年程務めていたのだが四年前に一身上の都合で退職、以後、様々な職を転々とするも長続きせず、二年前に十五年連れ添った妻と離婚、以後一人暮らしで、一年前からは生活保護を受けていた。

石川は犯行現場の自動販売機の前に立つ。花束も無ければ供え物も無い。何も知らなければ、ここで殺人が起きたことは気付かないだろう。

大林智志、柿生勝、そして戸口悟郎。彼らは皆、過去に生田丈太郎の秘書だったという共通点がある。戸口悟郎を殺した若者も、ひょっとしたらハメられた可能性がある。

石川は戸口とのコネクトを試みる。死体と対面していないし、戸口はすでに茶毘《だび》に付されている。条件的にはコネクトできないのだが、それでも石川はラジオをチューニングする要領で、戸口とのコネクトを開始する。死者の残留思念がこの場に残っていて、その思念とコネクトができれば、と石川は考える。そもそも死者と対話できるということ自体が荒唐無稽《こうとうむけい》なのだ。自分で自分の能力に限界を設けることはない。

だが、いくら試してみても戸口は現れなかった。冬の自動販売機の前に立つ石川の額に、汗が滲《にじ》む。あきらめ、今度は大林とのコネクトを開始することにした。目を閉じすぐに開くと、大林が石川と自動販売機の間に窮屈そうに立ち尽くしていた。鼻の先が触れるか触れないかの距離で、我ながら驚く。

「どうかしましたか？」大林が真顔で訊ねる。

「いや、いきなり現れたんで」石川は正直に言った。

「あなたが呼んだのでしょう」

ですよね、と石川は笑う。一歩二歩と後退する。

こうやって大林とコネクトして対話できるのも、明後日《あさって》の葬儀、火葬までだ。それまでに真犯人を捕まえなくてはならない。石川はポケットの中に手を突っ込み、いつも潜ませているジッポーを強く握りしめる。

「戸口悟郎という男をご存じですか？」

石川が訊《たず》ねると、大林は驚いたように口を開く。

「ええ。知ってますとも。石川さんはなんでそうやって懐かしい名前ばかり出すんですか？」

「彼も殺されているんです。一ヶ月前、この場所で」

「え？」

大林は足下を見たあと、のけ反り、一歩横にずれた。調書によれば戸口は、ちょうど自動販売機に背を預ける形で死んでいた。後頭部から脳漿《のうしょう》と脳みそを垂れ流し、一目で死んでいるとわかる状態だったらしい。

「戸口悟郎は、どんな人物でした？」

足下をキョロキョロと眺めていた大林は、首を右に左にと何度か振りながら、思い出を揺り起こすかのように話し始めた。

「――そうですね。真面目で、努力家でした。元々は大手の商社に勤めていたらしいのですが、いつか起業したい、そのために国を動かす一流の政治家の元で勉強して、人脈を築いておきたい、そう常々話していたのは覚えています」

「彼、殺された当時は無職で、生活保護を受けていたようです」

「え？」石川が戸口の成れの果てを話すと、大林は目を瞬《しばた》かせ、驚いた。「そ、そうなんですか」

石川は頷《うなず》く。

「彼は色々と交渉事で力を発揮してたんですけどね。生田さんからは凄《すご》くかわいがられていました。死んじゃうなんて、なんか残念ですね」そうつぶやいた大林は、空を見上げる。曇り空のため、星はひとつとして見えない。ふと、何かに気がついたように石川を見て言った。「あ、それを言うなら、私も死んでますね」大林が笑う。死後、初めて見せた笑顔だった。

「こんなところで何をしてるんですか？」

その声に、石川は瞬時に「しまった」と反省し、頭を抱え振り返る。ヘルメットをかぶったままの瀬戸内がいた。また、尾行されていたようだ。右手に持ったハンディカメラを石川に向け、こちらに向かって来る。

「散歩だよ」石川は面倒臭そうに返す。

「またまたー。天下の捜査一課の刑事ともあろうお方が、巣鴨《すがも》くんだりまで散歩に来ます？　普通」

瀬戸内は石川の周囲をぐるぐると回り、観察する。石川はため息をつく。

「巣鴨に失礼だぞ。何をしようが、俺の勝手だろう」

瀬戸内が唇を尖《とが》らせる。「つれないなー。せっかくお得な情報、持って来たんだけど」

「お得な情報？」

ＯＬがブランドのバーゲン情報を仕入れたような言い草だったのが余計に気になった。

瀬戸内は石川が興味を持ったことに気付き、口角を上げる。

「知りたいですか？」

瀬戸内が石川の顔を覗《のぞ》き込む。不覚にも、大きな瞳《ひとみ》に吸い込まれそうになり、慌てて我に返る。服装は奇抜だが、よく見ると目鼻立ちは整っていて、元は良い。普通の女性らしい格好をすればそこそこモテるのではないか、と石川は想像する。

「聞いてます？」

瀬戸内が頬をふくらます。石川は自分の動揺を悟られないよう、後ろを向いて言った。

「焦《じ》らすな。早く言え」

「なんですか、その態度」瀬戸内が石川の前に回り込む。「タダで教えるわけにはいきません」

見た目の割に、必死に食らいついてくるところは本当にジャーナリストなのだなと、石川は思った。

「なんで俺なんだ？　現場に出ている刑事なんて、山ほどいるだろう。薩摩隼人《はやと》の真面目な刑事だったら、いつでも紹介するぞ」

石川が茶化すと、瀬戸内は真顔になる。

「石川さん、他の刑事とは違うんですよね。何か、普通の刑事は正解を求めるために計算式を駆使して問題を解くけど、石川さんは正解がわかってて、その正解に合うように計算式を使う、みたいな……。うまく言えないんだけど」

そこまで見抜くとは、と石川は驚いた。観察眼がするどい。彼女の記事はまだ読んだことがないが、おそらく優秀なジャーナリストなのだろう。

「ヒントをやろう。俺は今、ここで起きた殺人事件を調べている」

「殺人事件？」瀬戸内の表情が、一瞬にして険しくなる。ジャーナリストの顔だ。瀬戸内は耳に手をあて、耳から伸びたイヤホンについているマイクに向かって話しかける。

「私の位置、GPSでチェックできる？　この場所で過去に起きた事件を教えて」パートナーに連絡しているようだった。

「さあ、次はそっちの番だ」

石川が言うと、瀬戸内は耳に神経を集中させながらも、じっと石川を見つめる。

「明日《あした》の午前十時、有楽町《ゆうらくちょう》の駅前で、ある区議会議員候補が街頭演説を行うの」

「それのどこがお得な情報なんだ？」

「最後まで聞いて。本当、男ってすぐに結論を急ぐんだから。それで、その区議会議員候補っていうのが、生田の子飼いの政治家で」

「――ということは」

石川の言葉を遮るように、瀬戸内が人差し指で石川を指差す。

「そう。明日、生田本人が応援演説でその姿を現す。最近は公の場に出ることがなかったからね。そこで今回の秘書の自殺について触れ、自分の汚名返上を図るつもりみたい。これ、ホント一部のマスコミしか知らない情報だから」

そう言うと、瀬戸内は石川を指していた人差し指を自分の口元に当てる。ならばその情報はどこで仕入れた？　喉《のど》から出かかったが、止めた。また対価の情報をせびられるだけだろう。

秘書が自殺したため、生田丈太郎本人にも事情聴取がかけられる予定だったのだが、地方の後援会の挨拶《あいさつ》回りに行っているとして、接触できていなかった。一部のマスコミが知っているということは、提灯《ちょうちん》記事を書かせ、世論を誘導しようとしているのだろうか。

石川は礼を言い、瀬戸内に背を向けて歩き出す。

「ああん。ちょっと待ってよ、石川さん」

「ここで何が起こったか、わかったか？」

石川が言うと、瀬戸内が「一月九日！」と声を張り上げる。

「一月九日、豊島区在住の無職、戸口悟郎四十九歳が巣鴨駅から徒歩十五分の自動販売機の前で撲殺死体で発見された。犯人は地元の十九歳の少年で、工事現場で拾った鉄パイプで被害者を数十回に渡って殴り続け、死亡させた疑い。犯人の少年は犯行後、逃走中にトラックに轢《ひ》かれ死亡」

瀬戸内は耳に入った言葉をそのまま読み上げるように話す。石川は歩みを止め、振り返る。

「流石《さすが》に俺の居所がわかるだけのことはあるな」石川は本当に感心して言った。「柿生の自殺も報道されていた」

地下鉄の車内ニュースで「生田議員秘書が自殺　不正献金関与か」の文字を見た。おそらく、瀬戸内が発した情報を各社が取り上げたのだろう。他の媒体は確認していないが、テレビのニュース番組でも取り上げられているはずだ。

「おかげさまで、ね。写真とテキストは新聞社に売れたし、映像はテレビ局に高く売れたわ。それに私の動画サイトの再生数もうなぎ昇りよ」

「動画サイト？」

「あら、話してなかったっけ？　私、撮影したスクープ映像を動画サイトにアップしてるの。ウェブは早いわ。ツイッターやブログで即拡散！　よ。私のサイトをウォッチして記事を書く新聞社の記者だっているくらいなんだから」

瀬戸内は自慢げに話すが、石川にはその凄さがイマイチよくわからない。

「まあ、さすが一流ジャーナリストだな。その調子で事件についても調べてみてくれよ」

石川は適当にお茶を濁し、駅へ向かって歩き始める。

「え、もうおしまいですか？　ちょっと！　もっとヒントくださいよ！」

叫ぶ瀬戸内を尻目《しりめ》に、石川は小さく暗い路地に入り、階段を下りた。ここなら、バイクで追いかけて来られないだろう。敢《あ》えて狭く入り組んだ小道を選びながら、駅へ向かう。その途中、石川は一つの仮説を立てる。

一ヶ月前、豊島区で起きた撲殺事件の被害者、戸口悟郎。

二日前に、中央区で起きた刺殺事件の被害者、大林智志。

今日、同じく中央区のホテルで首吊《つ》り自殺をした柿生勝。

みな、過去に政治家である生田丈太郎の秘書を務めていた。柿生に至っては、現役の秘書だ。彼らがみなこの一ヶ月の間に次々と命を落としたのは、果たしてただの偶然なのだろうか。

喜多見から仕入れた情報によれば、彼ら三人が生田の秘書として共に在籍した期間は二年間。その二年の間に何かが起こり、その事実の口封じのために、彼らは殺された。

歩きながら携帯でニュースサイトを確認する。トップニュースとして「生田丈太郎、総裁選出馬へ」の見出しが目に入った。秘書である柿生が不正献金疑惑の責任を取って自殺したため、彼の死を無駄にはしないと発起したらしい。周囲の議員の中には反対する者も出たが、賛成派が圧倒的に上回っているという。秘書が死に、明らかに風向きが変わっている。

なぜ、元秘書達は不審の死を遂げたのか。何のために、彼らは殺されてしまったのか。可能性を考える。怨恨《えんこん》。復讐《ふくしゅう》。口封じ。彼らを殺してまで成し遂げたいこととは何か。

内閣総理大臣の椅子だ。

与党である生田が所属する党の総裁はすなわち、内閣総理大臣ということになる。生田はこれまでに大臣は何期か経験しているものの、総理の経験はない。日本で最も権力を持つ政治家と言われながら、その座を指をくわえて眺めていた。それが今回、喉から手が出る程欲しかった席に空きができたのだ。このチャンスを、みすみす逃す手はない。石川はズボンのポケットの中に手を入れ、ジッポーを握りしめる。その固さを、確かめる。

手に取った携帯の履歴から目当ての番号を探す。三コール目で相手が出た。

「――もしもし」

「また、頼みたいことがあります」

「今回はハイペースですね」

電話口で、喜多見が言った。

15

翌日、有楽町の駅前で、区議会議員候補の街頭演説が行われた。与党所属の筒井重明《つついしげあき》、三十九歳。まだ若いが、最近頭角を現し始めた政治家で、有権者の評判もいい。もちろん、生田の後ろ盾があるからだと瀬戸内が言っていた。念のため知り合いの警護課の刑事に、筒井の応援演説に生田丈太郎は現れるのかと訊《たず》ねてみたら「何で知ってるんだ」と驚いていた。

駅前の広場にはすでに多くの見物人が集まっていた。ワゴン車の上に作られたお立ち台に立ち、筒井がマイクを握り演説をしている。小柄ながらがっちりとした体格で、首が太い。満面の笑みを浮かべて、聴衆に向かって手を振っている。石川はそれを、道路を隔てたビルの脇から眺めていた。

一通り自分の政治理念を述べ、現体制の批判をし終わったあと、筒井はワゴンの後ろを振り返る。しばらくすると、前方から大きな歓声が沸き起こった。壇上に、両手を振る白髪の好々爺《こうこうや》が現れる。男は遠目からでも一目で高級だとわかるグレイのスーツに身を包んでいた。石川は息を飲む。生田丈太郎だ。

「皆さん、本日はお忙しい中お集まりいただき、誠にありがとうございます。えー、筒井君の素晴らしさは周知の通りだと思いますので、まずは一言、私事で恐縮ではございいますが、お詫《わ》びを申し上げさせてください」

生田はマイクを握ったまま、深々と頭を下げた。夥《おびただ》しい数のカメラのフラッシュが焚《た》かれる。見ると前方にはマスコミ記者の群れが出来上がっていた。目を凝らすと、見覚えのある金髪の派手な格好をした女の姿も見える。

「この度、私の秘書が企業から不正な献金を受け取り、その責任を取って自ら命を絶ちました。私の管理が行き届いていなかったことが原因です。誠に申し訳ございません」

生田は再度、頭を下げる。また多くのフラッシュが焚かれる。おもむろに生田は顔を上げた。

「さて、一部メディアではすでに報道がありましたが、この度、私、生田丈太郎は我が党の総裁選に立候補することを決めました。批判の声はあると思います。ついこの間まで、不正献金疑惑をかけられていた政治家が、何をほざいているのかという声が聞こえます。私自身もそう、思います」生田は聴衆一人一人に語りかけるように話す。一瞬、生田と目が合った気がした。気のせいだろうが、そう思わせる何かが、目の前の白髪の男から発せられている。生田は続ける。「自ら命を絶った、秘書の柿生くんの遺書にこうありました。『私のせいで、生田先生が総裁選の立候補をとりやめることがないよう、祈ります』と。私はこの一文を読んで、総裁選に立候補することを決めました。批判を受けることを恐れてなどいられません。柿生くんの、彼の遺志を継がなければ、彼の魂は浮かばれません。私は彼の分まで生き、彼の分までこの国を良い方向へ導いて行くことをここに誓います。この身を捧《ささ》げることを惜しみません。やるからには、必ず当選してみせます」

最初に拍手したのは石川の隣の男性だった。初老のその男性の目は、生田に心酔しきっているようだった。拍手の波は徐々に人から人へと広がり、大きな波となって辺りを包み込む。その拍手に釣られ、道行く人々が立ち止まった。聴衆の数が徐々に多くなる。交通整理を行っていた制服警官が笛を吹き始める。だが、人の波が更なる人を呼ぶ。数分後、人だかりはたかが区議会議員の街頭演説レベルではなくなっていた。生田は笑顔で聴衆に手を振る。

「さて私の挨拶《あいさつ》はこれまでにして。今週末、区議会選挙が行われます。我が党はもちろんのこと、私、生田丈太郎個人としても、この筒井重明くんを強く推薦する所存でございます。彼はいい。すごくいい。日本のこと、東京のこと、この区のことを真剣に考えている男です。彼ほどこの国の行方を憂い考えている人物は他におりません」生田はまた、聴衆をゆっくりと見渡す。「私を除けば、ですが」

どっと笑いが起こった。聴衆の心が、生田の手のひらの上にあることを実感した。

それから生田は筒井の肩を抱きながら、彼がいかに素晴らしい人間か、彼以外の人間に票を入れるなら選挙に行かない方がましだなどと、ユーモアを交えて応援演説を続けた。石川自身、生田を容疑者として考えていたことを忘れるくらいその話術に、その演説に聞き惚《ほ》れてしまった。

ふと、群衆の中にいる一人の男が目に留まった。石川のなさめ前方に立ち、生田の演説をじっと聞いている、白髪まじりの髪を後ろに流した男だ。鋭い目つきをした男の横顔に、石川は肌が粟立《あわだ》つのを覚えた。歳は四十代半ばくらいだろう。石川の第六感とも言うべき感覚が、危険を察知したのだ。

数メートルほど人垣をかきわけ進んだところで、右手首を摑《つか》まれた。石川は反射的に振り返る。

「お前が政治に興味があるとは思ってもみなかったよ。転属希望届、俺が書いておいてやろうか？」

立花だ。石川は摑まれた右腕を振りほどこうとするも、立花は離さない。右腕と右腕で力比べをする形になり、その場で対峙《たいじ》する。お互いの右腕が、顔の高さまで上がる。双方譲る気配はない。

「おい、こんなことをしている場合じゃない。離せ」

「あのな、お前も公務員なら、政治家の街頭演説を邪魔するようなマネは止めろ」

手首を摑む力が強まった。立花の握力の強さを感じる。

「あそこに、不審な男がいるんだ。見た感じ、かなり危険だ」

石川は白髪まじりの男に視線を向ける。その視線の先に、立花が気づく。一瞬、腕を摑む力が緩んだため、その隙をついて手を振りほどく。立花はそれを気にするでもなく、男をじっと見つめていた。右腕がじんじんと痛む。袖《そで》をめくると、赤い手形がついていた。

「あれは、『あかつき』の陸奥《むつ》だな」

立花が独り言のように言う。

「知っているのか」

「ああ。公安所属の叔父《おじ》に、過激派についてレクチャーを受けたことがある。写真、動画付きで合計八時間。間違いない」

さすが、警察界のサラブレッドだ。

「『あかつき』ってのは、何だ？」

「知りたいか？」立花が不敵な笑みを浮かべる。

「焦《じ》らすのが趣味か？」石川は真顔で返す。

「簡単に言えば、過激派の右翼団体だよ。代表は長門《ながと》三郎、目の前にいる陸奥歳樹《としき》は幹部クラスだ。グローバル化する日本社会に警鐘を鳴らしている。少子高齢化に伴った労働力の低下を防ぐために、生田は海外からの移民を積極的に受け入れる政策を進めているんだが、奴らはそれに猛反対している。明るみには出ていないが、何度か生田の暗殺計画を画策していたらしい」

「暗殺計画？」

石川は思わずその言葉を鼻で笑う。だが、立花は真顔のまま、生田が立つワゴン車の脇に視線を移す。

「あそこにいる、黒服の数を見ろ」

見ると、黒いスーツに身を包んだSPが数十人、目を光らせていた。何人か警察関係者がいるのは気がついていたが、よく見るとかなりの数がいるようだ。

「こういった選挙演説の時は、公安がすでに付近の掃除をあらかた済ませている。万が一にもテロや暗殺などあってはならないからな。だが、それでもその網の目をかいくぐって潜入してくる場合がある。あの陸奥のように」

立花はまた、視線を陸奥に向けた。

「お前が心配しなくても、SPの連中だって陸奥の存在には気がついているよ。それに、陸奥だって馬鹿じゃない。普通の警備なら実行していたかもしれないが、この数だ。下手に手は出せないだろう」

そう立花が話している最中に、陸奥は後方に下がり、そのまま行方をくらました。黒服達が数人、耳のインカムで連絡を取り合い、陸奥の行方を追いかけようとしているのが見える。石川の胸騒ぎも自然と落ち着いていった。

「それでは皆さん。これからも筒井重明、筒井重明を何卒《なにとぞ》よろしくお願い致します」

生田が締めの挨拶をすると、割れんばかりの盛大な拍手がわき起こった。生田と筒井は両手を振り、その歓声に応《こた》える。壇上から下りる生田と筒井を確認すると、聴衆達はぞろぞろとその場を後にし始める。石川はその人の波を逆行する。

「おい。お前、どこに行くつもりだ?」

立花の声が聞こえた。石川は振り返る。

「容疑者のところだよ」

16

石川の前にSPが二人、立ち塞《ふさ》がった。石川は胸ポケットから警察手帳を取り出す。後ろから、立花が小走りで追いかけて来る。男達の顔色は変わらないが、石川達への警戒心は解けたようだった。ワゴンの裏では、先ほど演説を終えた生田丈太郎と筒井重明が談笑していた。石川はSPの間を抜け、二人に近づいた。

「警視庁捜査一課の石川と申します。お疲れのところ恐縮ですが、少々お時間をいただいてもよろしいでしょうか」

石川は胸ポケットから警察手帳を取り出して、挨拶をする。手帳に書かれた石川の名前、証票番号を記憶するかのように、生田はそれをじっと見つめた。後ろに控えた秘書らしき男が一歩前に出るも、生田はそれを左手で制す。

「やあやあ、これは石川巡査部長、いつも国家の安全のため、ご苦労様です」

生田は姿勢を正し、敬礼のまねごとをする。きりっとした顔を作ったあと、破顔する。その後、生田は右手を差し出した。石川はその手を握り返す。分厚い手のひらだった。包み込まれるような優しさと、押しつぶされそうな圧迫感の両方を感じた。握手の時間は五秒も無かったが、石川にはそれが一分にも二分にも感じられた。

「さて、今日はどういったご用件でしょう」

生田は笑みをたたえたまま訊《たず》ねる。石川はポケットから三枚の写真を取り出し、生田に手渡した。

「この三人に見覚えはありますか？」

生田はまだ笑顔のままだ。石川は彼の表情の変化を見逃すまいと、じっと見つめる。

「皆、私の秘書を務めた男です。大林さんと戸口さんは数年前に辞められましたが、柿生さんに関してはまだうちに籍があります。この度は、本当に残念な結果になりました」

生田の顔から笑みが消え、悲しげな表情を浮かべた。

「皆さんが亡くなられたのはこの一ヶ月の間です。戸口さんが一月九日に撲殺、大林さんは二月九日に刺殺、柿生さんにいたっては昨日、自殺されました」

石川の言葉に、生田は無言で頷《うなず》く。

「私の耳にも入っております。驚きました。悪いことは重なるものですね」

生田は俯《うつむ》き、神妙な表情を浮かべた。

「先生、そろそろお時間ですので」

秘書の一人が、生田に耳打ちをした。男は健全な小麦色の肌で、背も高い。シルバーフレームの眼鏡の間から、鋭い目つきを石川に向けた。SPだと言われても信じてしまいそうな身のこなしだ。おそらく、なんらかの武術に長《た》けているのだろうと石川は推測する。

ああもうそんな時間かと生田は男に促されるまま、踵《きびす》を返す。数メートル先に黒いワゴン車が停められており、運転手が気をつけの姿勢でこちらを向いていた。

「すみませんね、これでも結構忙しい身の者でして。まったく、何をするにも分刻みのスケジュールで辟易《へきえき》するよ」

生田の表情に笑顔が戻る。右手を掲げゆっくりと振り、その場を後にした。秘書の男は石川の隣に残り、生田に向かって深々と頭を下げ続けている。生田が乗った車が発進し見えなくなると、男は顔を上げた。

「何なんですか、君は。先生はああいう方だから、君のような無礼者にもきちんと対応なさるが、だからと言って突然アポイントもなく現れるのは失礼だろう」

男は、静かだが強い口調で石川に言った。

「すみません。こちらも生田先生の多忙さは存じ上げていたつもりです。ただ今回の事件について、どうしても先生のご意見を伺いたかったものでして」石川は頭を下げる。「今度からはきちんと、アポイントを取ってから来ます。連絡先を教えていただけませんか？」

石川がそう言うと、男はしばらく考えたあと、一枚の名刺を差し出した。そのまま男は、別に用意された車に乗り込んだ。名刺には「佐野正太郎《しょうたろう》」と記されていた。

「おい、なんで生田丈太郎なんだ？　確かに秘書が自殺したが……。大林の事件と、何か関係があるのか？　説明しろ」

佐野が乗った車が遠ざかるのを見つめていると、立花が言った。

「何でもない。ただ一度、会ってみたかっただけだ」

「ふざけるな。きちんと俺にもわかるように説明しろ。そんなに手柄を独り占めしたいのか？」

立花は場をわきまえているのか、声を殺して言った。石川は頭を掻《か》く。

〈俺には霊が見えて、そいつらが、事件の犯人は別にいるって言うんだ〉

そう言えば、立花はわかってくれるのだろうか？　「頭がおかしい、引退しろ」そう罵《のの》られるのが目に浮かんだ。

「生田先生がどうかされたのですか」

筒井が腕を後ろに組みながら、石川達に話しかけてきた。

「先生はああ見えて、元秘書達の事件にショックを受けているんだ。それに今は総裁選を控えた大事な時期だ。あんまり、いじめないであげてください」

石川の右肩をぽんぽんと叩《たた》くと、筒井はその場をあとにした。

「政治家というのは、どうもいけすかん」

筒井の姿が見えなくなって、立花が口を開いた。

「珍しく気が合うな」

石川も賛同する。その時、携帯のバイブ音が響いた。立花の携帯だ。立花は面倒くさそうに画面を見たあとぎょっとし、急いで画面をタップする。

「立花です。はい。はい。え？　わかりました。すぐに向かいます。ええ、石川も一緒です」

「どうした？」

顔色が変わった立花は携帯をポケットに収めると、石川を見つめて言った。

「昨日自殺した柿生だが、他殺の線でも捜査を始めるらしい」

17

立花の話によれば、司法解剖を進めていた比嘉が柿生の死体に不審な点があることを発見し、他殺の可能性もあり得ると判断したらしい。石川と立花は現場である茅場町のホテルに赴き、市倉の指示で捜査を開始した。

立花は生田の事務所へと赴き、石川はホテル関係者の聴取にあたった。第一発見者の従業員の話によると、チェックアウトの時間が過ぎても現れない柿生に、何度も電話をしたのだが繋《つな》がらず、直接部屋のドアをノックしたのだが、何の反応もない。仕方なくマスターキーでドアを開けると、部屋の中央で柿生が首を吊《つ》って死んでいたという。他に、柿生がチェックインした後に彼の姿を見た従業員はいなかった。防犯ビデオを確認するが、何故か昨日の分だけ、録画が消えていたという。

「こんなことはあり得ないんですが……、おかしいですね」

ホテルの担当者は困り顔でつぶやく。昨日バイトに入っていた従業員がまだ来ていないので、出社し次第、事情を聞いてみると言った。

その後、石川はホテルのエントランスからエレベーターに乗り、柿生が宿泊した部屋との間を何度も往復する。ちょっとしたヒントでも見つかれば、と思ったが何も発見できなかった。柿生が泊まった部屋に再度鑑識が入るも、有力な手がかりは無いようだった。

「確かに見たんです。大きな、鬼のような男を」

コネクトした柿生が傍らに立ち、石川に訴えかける。

「別にあなたの証言を疑ってはいませんよ。ただ、驚くほど情報が少ないんです。……いや、隠されている、と言った方がいいのかもしれません」

夕刻、市倉班で捜査内容を共有するも、目立った進展はなかった。生田は講演のため関西にいるらしく、柿生について事情を聞くのは明日以降になりそうだと立花が報告した。

解散後、石川は立花に姿を見られないよう警察署を後にし、大学病院へと向かった。柿生の死体を自分の目で確認するためだ。解剖をした比嘉の意見も直接聞きたかった。

比嘉の研究室を訪れると、三人の女性が一斉に石川を見た。比嘉の助手で、現役の女子大生達だ。名前は確か金原《かねはら》、宮里《みやざと》、橋爪《はしづめ》。みな容姿端麗で、二十歳前後だろう。彼女達を前にすると、自分が歳を取ったことを自覚せざるをえない。署内には彼女達の隠れファンが多く、石川は何度か合コンのセッティングを頼まれたことがある。もちろん、毎回丁重にお断りしている。彼女達を合コンに誘おうものなら、比嘉になんと罵られるかわかったものではない。

「比嘉は？」

石川は部屋の中を見渡し、訊ねる。

「先生なら今、教授のところに行ってます。あと十分程で戻って来ると思いますけど」

金原が答える。彼女達は帰り支度をしていた。腕時計を見ると、すでに十九時を過ぎている。

「そうか。じゃあ、ここで待たせてもらってもいいかな」

石川がそう言うと彼女達は頷き、それじゃあ失礼しますと部屋をあとにした。しばらくすると、ドアが開き、宮里がひょっこりと顔を出した。

「石川さん、今度飲みに連れて行ってくださいよ」

宮里が微笑みを浮かべながら、石川に言う。

「捜査がない日ならな」

石川は素っ気なく返す。女子大生と飲み会。そんなところを立花に見られでもしたら、「現役刑事のくせに、不純だ！」と怒鳴られそうだ。

「それって、永久にないってことじゃないですかー」

宮里は笑ってドアを閉める。確かに、そうかもしれない。石川は一人、誰もいなくなった研究室で笑う。

きちんと整理整頓《せいとん》された研究室だった。夥《おびただ》しい数の専門書が本棚に並んでいるが、石川にはどれもチンプンカンプンだった。比嘉のデスクを見る。机上には何も置かれておらず、埃《ほこり》一つ落ちていない。

確か、比嘉はまだ二十五歳のはずだ。石川がそのくらいの年の頃はまだ、交番勤務でコツコツと点数を稼いでいた。いつか捜査一課の刑事になるために、職務質問に明け暮れる毎日だった。

片っ端から職質をかけると、稀《まれ》にだが本当の犯罪者予備軍に出会《でくわ》す。おとなしそうなオタク風の男が刃渡り二十五センチのサバイバルナイフを隠し持っていたり、清楚《せいそ》な黒髪の女子高生が大麻を所持していたり、挙動不審な男が大量の女性用下着を隠し持っていたり。殺人事件現場の保全にかりだされた時、石川が周辺を歩いていると怪し気な男を見つけ、職質をかけると犯人だった、ということもあった。

そういった地道な活動と、ちょっとした幸運によって積み重なった石川の功績が上層部の目に留まり、晴れて捜査一課の刑事に抜擢《ばってき》された。今考えても、運が良かったとしか言えない。

比嘉は一体、どんな苦労をしてここまで辿《たど》り着いたのだろうか。二十五歳という若さで特別検視官となり、検視と検死、司法解剖を行う。立花のような強いコネクションが彼女にあったとは思えない。一筋縄ではいかなかっただろう。

石川は、いつになく比嘉について考えていることに気がついた。

「あら、珍しいじゃない」

十分後、クリアファイルに収められた資料の束を持って、比嘉が現れた。石川は軽く右手を挙げる。

「邪魔してるぞ。助手の娘達に言ったら、ここで待っていいって言うから」

「あら、そう。で、何の用？」

「柿生勝について」

「だろうと思った。まあ座って。コーヒー出してあげる」

比嘉はクリアファイルの束を机の上に置いた後、引き出しから白いカップを二つ取り出し、壁際の資料棚に置かれたコーヒーメーカーのポットから、コーヒーを注いだ。

「一応、資料には全て書いたんだけど」

「ああ、全部読んだよ。ただ、柿生の死体が見たい」

「あのね、気になるからって毎度毎度死体を見に来られても困るの。高解像度の写真があるから、それで我慢して。ホント、こんなこと続けてたら死者に取り憑《つ》かれるわよ」

比嘉が嫌味たらしく言った。

「とっくに取り憑かれてるよ」

石川は小声で答える。

「え、何?」と比嘉が聞き返すが、「何でもない」とはぐらかす。

手渡されたコーヒーを啜《すす》りながら、比嘉が操るデスクトップパソコンの画面を見る。比嘉は素早くキーボードを叩《たた》く。知り合いにいる腕のいいハッカーを思い出した。間もなく、画面に大量の青白い死体が現れる。

「資料にも書いた通り、本当に微量だけど、アルコールに混じって睡眠薬が検出されたの。まあ、風邪薬にも使われてる成分だから、柿生本人が服用していた可能性はあるんだけど」

一枚の写真をダブルクリックする。拡大され、柿生の首筋が見えた。

「ここ、見て。微妙になんだけど、首吊《つ》りの縄で出来た線がずれて、擦り傷ができてるの。わかる?」

写真を拡大すると、首筋にできた青黒い筋の下に、微《かす》かに細かい傷がついていた。

「絞殺されたあと、自殺に見せかけた」

対象者の首に縄をかけ、地蔵を背負うような形で殺す手法はある。身長の低い柿生なら比較的簡単に実行は可能だろう。

「あと、これも本当に微妙なんだけど、死体から滴り落ちたはずの糞尿《ふんにょう》の位置がずれてたの。本来なら真下に、足を伝って落ちるはずなのに、首を吊ったところから十センチほど離れた場所に垂れてた。首を吊った際に体が揺れた可能性もあるんだけど、気になって」

「現場に、犯人の痕跡《こんせき》は？」

比嘉は両手を挙げる。

「それが、驚くほど何もないの。今、指紋や靴痕《あと》の照合はしてるけど、多分何も出てこないんじゃないかしら。まあ、色々調べて事件性が無いとわかれば、それに越したことはないけどね。自殺だと証明されれば、きちんと死者に対して手を合わせることもできるわ」

比嘉はコーヒーカップを手に取り、一口啜る。ぬるい、と唇が動いた。

「そう言えば、なんでお前、現場で手を合わせないんだ？」

石川は普段疑問に感じていたことを口にした。

石川達刑事は、事件の被害者に向かって、手を合わせてから捜査に入る者が多い。だが比嘉が臨場する際に、死体に手を合わせているところを石川は見たことがなかった。

「死者に敬意を表せ！」と何度か立花が怒鳴っていたことを思い出す。

比嘉は鋭い視線を石川に向ける。

「あなたは何で手を合わせるの？」

「何でって……」

石川は考えるが、明確な答えが出てこない。比嘉がため息をついた。

「殺人事件の被害者が、犯人も捕まってなくて成仏できると思う？　彼らが成仏できるのは、自分を殺した犯人が捕まった時なんじゃないの？　私は、彼らが本当に成仏できるであろう時にだけ、手を合わせることにしているの。それが彼らにとって一番の弔いだと思うから」

比嘉の視線が石川を突き刺す。石川はその視線に耐えられなくなり、目を逸《そ》らした。

彼女の意見は一理ある。

ぐう、という音が部屋の中に響いた。再び比嘉の顔を見ると、徐々に真っ赤になっていく。どうやら、腹の音が鳴ったようだ。石川は場の気まずさから、ポケットの中のジッポーを握りしめ、咳払いをする。

「メシ……まだなら、どこか食べに行かないか？」

石川は思わずそう言ってしまった。比嘉はしばらく考えたあと、石川を睨《にら》みつけて、軽く頷《うなず》いた。石川は何故かほっとする。

「何か食べたいものあるか？」

石川がそう言うと比嘉はコーヒーを一口啜り、

「焼き肉」

と答えた。

18

「石川さんはあれだよね、あれ」

比嘉はタン塩を頬張りながら、石川に話しかける。

「あれってなんだよ、あれって」

網の上に置かれたタンを裏返す。大学病院から歩いて五分程の距離にある焼き肉屋で、七輪を挟んで向かい合って座っている。比嘉はたまに助手の女子大生三人組とこの店に来るらしい。

「前から、聞いてみたかったんだけど、いい？」

「だから、なんだよ」

比嘉はレモンサワーを一口呑んだ。

「ええと、石川さんの事件のことなんだけど」

「ここのことか？」

石川は右手の人差し指でこめかみをコンコンと叩く。比嘉は頷いた。

「五日間、目を、覚まさなかったって」

比嘉の言葉の歯切れが悪い。気を遣っているのだろうか。

「それ、誰に聞いた？」

「誰にって……結構、みんな知ってるわよ。立花も言ってた。『石川は銃弾を頭に受けたのに、五日後に生き返った。ゾンビ級のしぶとさだ』って」

比嘉はまたレモンサワーを一口呑む。石川も釣られて生ビールのジョッキを傾けた。

「銃弾を受けてから五日間、意識不明だったらしい」

「らしい」

比嘉が復唱する。じっと、石川の話の続きを待っているようだった。石川はポケットに手を入れ、ジッポーを強く握りしめる。

「正直、覚えてないんだ。弾丸《たま》をここに受けて」石川は右手でこめかみを触り、その指をそのまま眉間《みけん》の前で止める。「今、ここら辺の奥の方に、埋まってる」

「あの、良かったらでいいんだけど」

比嘉は珍しく頬を赤らめ、両手の指をもじもじとさせる。

「なんだよ」

「──触っても、いい？」

「え？　あ、ああ」

了承すると比嘉は立ち上がり、石川の右隣の席に座った。石川は思わず背筋を伸ばす。

比嘉はそっと、石川のこめかみに触れた。

「ここ？」

比嘉はそう言いながら、石川のこめかみをさする。気恥ずかしさから、石川は自分の顔が上気して赤くなるのがわかった。それを隠そうと、生ビールを一気に飲み干した。

「すみません、生、ひとつ」

通りがかった店員に注文する。店員は威勢のいい返事をする。

「──痛かった？」

比嘉が石川の顔を覗《のぞ》き込む。石川は思わず顔を背ける。

「そりゃ、痛いに決まってるだろ。って言いたいところだが、正直、気を失ってたから覚えていない」

「──意識を失った時って、どんな感じなの？」

「どんな感じも何も、気がついたら病院のベッドの上だった」

「頭に銃弾が入り込んで、倒れて、意識が朦朧《もうろう》として。その時、何を思ったの？」

比嘉は真っすぐに石川を見つめ訊ねる。その迫力に気圧され、石川は頭に浮かんだ言葉をそのまま口にする。

「死にたくない、って思ったよ。素直にね。このまま死んだら、俺は一体どこに行くんだろう、って。死体なんてこれまでいくつも見てきているのに、いざ自分がそうなるのかと思うと、急に不安になった。冷たくなって、固くなって、袋に詰められて運ばれて、事件性があれば腹を開かれて解剖されて、最後は灰になって墓に入る。──俺の人生、これで終わりなのかって思ったら、泣きたくなったよ」

店員が生ビールをテーブルの上に置いた。比嘉は石川との距離が近くなりすぎたことに気がついたのか、そそくさと自分の席に戻る。焼きかけのタンはすでに焦げ目が付いてしまっていた。比嘉はかまわずにそれを箸《はし》で取り、口に入れる。

「それで、意識を失ってる時、何か見えた？」

「さっきから、そんなこと聞いてどうするつもりだ？　死後の世界にでも興味があるのか？」

石川は焼き上がったカルビをタレにつけ、口に入れる。比嘉がじっと石川を見つめていた。

「図星かよ」

石川が言うと、比嘉は思い詰めたような表情を浮かべ、決心したかのように話し始める。

「私のおばあちゃんが、ユタなの」

「ユタ？」

「そう。ユタ。ええとね、わかりやすく言うと沖縄、奄美諸島のシャーマンのような人達のこと」

「霊媒師とか、イタコみたいなもんか？」

石川は自分の中の知識を総動員する。オカルト的な世界は苦手だが、ふと、自分が一番オカルト的なことを実践していることに気がついた。

「そうそう、霊界と交信したり、天からのお告げを受けたり、死者と交信したり」

石川は口に入れたカルビを噴き出しそうになる。口に手をあて、比嘉を見る。比嘉は箸を手に持ったまま、伏し目がちに話を続ける。

「私のおばあちゃん、死者の霊が見えるんだって。隠してるけどお母さんも、どうやら見えてるみたい。家族だと私だけが見えてないの。それが何か、悔しくてね」

比嘉はそう言うと、レモンサワーを一気に飲み干した。

「お姉さん、これ、おかわり」

空になったグラスを掲げ、店の奥を歩く女性店員に向かって叫ぶ。石川はじっと比嘉の次の言葉を待つ。石川は警戒する。比嘉は自分の能力に気がついているのかもしれない。死者と交信できる力を。

「——私ね、死者と対話したり、霊界のようなものと交信がしてみたいって思ってたの。おばあちゃん達みたいに」

「なんで、そう思うんだ？」

石川は言葉を選びながら訊《たず》ねる。

「毎日毎日死体に触れていると、彼らの魂が一体どこに行ったのか、気になってね」

「魂」

石川は、ありふれた単語だが、聞き慣れないその言葉を口にする。

「そうだ、石川さん。人間の魂の重さってわかる？」

「魂の重さ？」

「そう、魂の重さ」

先ほどから、リアリストだとばかり思っていた比嘉が、意外にも迷信じみたことばかり話すので、石川は戸惑いを隠せない。

「そんなもの、量れるわけないだろう」

「つまんない人ね。ひょっとして、無宗教？」

「茶化すな」

石川がふてくされると、比嘉が笑った。顔が赤い。少し、酔っているようでもあった。

「正解は、二十一グラム」

「二十一グラム？」

「そう。人間って、死ぬと二十一グラム軽くなるって言われてるの」

「なんだそれ」

「アメリカのダンカン・マクドゥーガルっていう医師が実験したんだけど、人間が死ぬ時の体重変化を計測したらしいのよ。その結果、人が死ぬ時に二十一グラム軽くなるのがわかったんだって。それから『人間の魂の重さは二十一グラムである』っていう説が流行したの。映画にもなってるわ」

比嘉が嬉々《きき》として言う。女性店員がレモンサワーをテーブルに置く。

「死んで体内の水分が蒸発したとかじゃないのか」

石川が言うと、比嘉は両手を挙げる。

「まあ、実際に私が計測したわけじゃないから、詳細はわからないけどね。ただ、おばあちゃんの話を聞いたら、それも本当なのかもなあって、思うのよ」

「おばあちゃんの話？」

「漂ってるんだって。死者の霊魂が、そこらじゅうに。おばあちゃんが言うには、死後、死者の魂はその肉体から抜けて、現世を彷徨《さまよ》い始めるらしいのよ。悔しいんだけど、私には彼らの姿が見えない。だから私は、検視して事故か他殺か見極めないといけないし、司法解剖して死因を明らかにするしかない。そんなことでしか、私は彼らの声を聞くことができないの」

そう言うと、比嘉はまたレモンサワーを一気に飲み干し、空になったグラスを勢いよくテーブルに叩《たた》き付けた。そのまま俯《うつむ》いた比嘉は、肩を震わせ始める。

「比嘉？」

石川が顔を覗き込むと、比嘉は涙ぐんでいた。石川は面食らい、そっともとの体勢に戻る。ビールを口に含みながら、比嘉の様子を窺う。比嘉は洟《はな》をすすり、大きなため息をついた。しばらくすると、ゆっくりと顔を上げる。

「さあ、食べましょう」

比嘉は何事もなかったかのように、テーブルの上の皿の肉を、次々と網の上で焼き始めた。

19

「あ、忘れ物」

焼き肉屋を出たところで比嘉が声を上げる。研究室に忘れ物をしてきたと言うので、石川は大学病院まで比嘉を送ることにした。

「いいわよ、別に」

と比嘉は断ったが、それでは石川の気がすまなかった。大学までの距離はさほど無く、陸橋を越えればすぐのところにあるが、街灯も少なく、人通りも少ない。女性を夜中に一人で歩かせるのは石川のポリシーが許さない。そう言うと、「意外にそういうところ、あるんだね」と比嘉は笑った。

「あー、もう。まったく、天気が悪いわね。星一つ見えやしない」

歩きながら比嘉は、空を見上げる。重い雲が、空一面を覆っていた。比嘉は酔っているのか、道路の縁石の上に上がり、器用に歩く。その様子からは、彼女が特別検視官で、石川よりも階級が二つ上の警部には見えなかった。どこにでもいそうな、普通のＯＬだ。

「なんで検視官になろうと思った？　せっかく医学部を出たんなら、生きた人間を治す方がいいんじゃないか」

石川はその無邪気な背中に問いかけた。比嘉はバランスを崩し、しばらく縁石の上で右に左に傾いたあと、歩道に足をついた。「あー、もう」と、比嘉の悔やむ声が聞こえる。

「今、解剖医が全国で何人いるか、知ってる？」

突如始まったクイズに、石川は首をひねる。

「三千……、いや、千五百人くらいか？」

全国の警察官は事務職も入れて三十万人程、その一％、いや〇・五％程度はいるだろうと予想する。

「ブー。不正解。惜しくも何ともない。いい、正解は百三十人程度よ。解剖が必要な死体は山ほどあるのに、明らかに手が回っていない。まあ、検視官も似たようなものだけどね」

「そんなに少ないのか」

石川は驚いた。確かに知り合いの解剖医を指折り数えるが、片手の薬指まで届かない。

「私に特別検視官制度の白羽の矢が立った時、今の日本の状況を変えるチャンスだと思ったわ。だから引き受けた。他の検視官は嫌がったけどね。うまく行けば、欧米型の検死システムが作れる」

比嘉が振り返る。正面に車のライトが光った。逆光で、彼女の表情は見えない。

「日本は犯罪が少ないとか治安がいいとか言われてるけど、そんなのただの妄想よ。いい？　変死体の解剖率はスウェーデンで九十％、イギリスでは四十五％もあるの。それに対して日本では何％だかわかる？」

「またクイズか」

そう言いながら、石川は考える。

「三十％？」

「ブー。正解は十一％よ、十一％。十七万体の変死体に対して、解剖できているのが一万九千体、残りの十五万体以上の死者は、そのまま焼かれて灰になるの。何らかの犯罪に巻き込まれていたかもしれないのに、よ」

比嘉は振り返り、また歩き始める。

陸橋に差し掛かる。吹き上げる風が冷たく、石川はコートの襟を立てる。五メートル程下の道路は車の行き来がまばらだった。後ろからライトが光る。振り返ると、大型のトラックがこちらに向かっていた。

「報われない。死んだ人達がかわいそう。どうして、警察は彼らの声を聞いてあげようとしないのよ」

前を歩く比嘉が立ち止まる。ちょうど陸橋の真ん中辺りだった。かわいそう、という比嘉の言葉が石川の胸に残った。

「だから、私が変えるの。この国の捜査制度を」

比嘉が正面を向いて言った。彼女は彼女の闘いの真っ最中だ。石川は比嘉の言葉に、彼女の決意を感じた。

ライトの光が揺れた。

振り返ると、先ほど見た大型トラックがすぐ目の前に迫っていた。スピードを出しながら、ゆらゆらと揺れている。運転席を見ると、首を横に傾けた男がハンドルを握っていた。助手席には黒ずくめの男が座っている。だがどちらの顔もライトの逆光で見えない。タイヤが道路を摑《つか》む音が聞こえ、さらにトラックが加速した。

「比嘉！」

「え？」

石川は走り、前方の比嘉の肩を抱く。トラックがすぐそこに迫っている。逃げ場を探すが、どう見ても一ヵ所しかない。石川はそのまま陸橋の欄干の上に足をかけ、比嘉を持ち上げる。

トラックが欄干に衝突した。

間一髪、トラックの直撃は免れた。だが勢いあまり、二人は欄干から落ちる。

時間の感覚が、スローモーションになる。

懐かしい感覚だった。

あの事件のときも、こんな風に、自分を取り囲む時間が止まったような感覚を味わった。

落ちながら、比嘉を抱き寄せる。

天を仰ぐ形で落下していく。

トラックはスピードを緩めることなく、欄干を飛び越える。

石川は浮遊感を覚える。どこまでも、どこまでも落ちて行く感覚があった。

彼女に何かあってはいけないと、自分がクッションになるよう、石川はギュッとその頭を胸に抱き寄せた。

背中に大きな衝撃を受けた。

20

目を開くと明るい場所で、天井が見えた。

ふう、と深く、息を吐く。

起き上がろうとするも、体がうまく動かない。力が入らない。

微《かす》かに、顔を動かすことは出来た。点滴を確認中の看護師と目が合う。

「おかえりなさい。今、先生呼んできますね」

そう言うと、看護師はそそくさと部屋を後にした。

部屋の中を見渡す。自分が、病室のベッドで横たわっていることに気がついた。聴診器を首からさげた医師が走ってやってくる。医師は安堵《あんど》の表情を浮かべていた。背中に腕を通され、看護師に体を起こされる。鈍い痛みが背中を駆け抜け、苦痛で顔が歪《ゆが》んだ。

上半身裸になったあと、聴診器を胸に当てられる。

「石川……意識、戻ったか」

一通りの診察が終わり、上着のボタンを留めていると、聞き覚えのある声が耳に入った。見ると立花が病室に入って来るところだった。後ろには市倉の姿も見える。

「立花……、市倉さん」

石川はベッドから立ち上がろうとするも、背中が痛み、身動きがとれない。

「石川、いいから寝てろ」

市倉が石川の肩を抱き、そっと体をベッドに倒す。小声ですみません、と言ったあと、石川は目を伏せた。後頭部を枕に沈め、石川は事態を把握しようと記憶を巡らす。だが、思い出せない。

「俺は……」

「――居眠り運転のトラックが陸橋の欄干を飛び越え、下の国道に落ちた。お前達はそれに巻き込まれた」

市倉が、石川の顔を覗《のぞ》き込んで言う。

「お前達……」石川は市倉の言葉を頭の中で復唱する。「あ、比嘉は……」

比嘉と一緒にいたことを思い出す。彼女はどうなったのか？　そう考えると、いても立ってもいられなくなり、石川は体を起こす。背中の激痛に身をよじり、歯を食いしばる。

「おい、無茶するな。いいから寝てろ」

記憶が蘇《よみがえ》る。迫るトラックを避《よ》けるため、陸橋の欄干を飛び越えて下の国道に落ちたのだ。比嘉も一緒だった。それから。

「お前達は、運良く荷台にシートが張られたトラックの上に落ちてな。それがクッションになって一命を取り留めた。石川は背中からだったが、ミカちゃんは頭から落ちて、今、集中治療室に入っている」

市倉が真剣な表情で言った。

「頭から落ちたって……比嘉は、大丈夫なんですか？」

「さっき様子を見て来た。医師の話によれば、今、精密検査をしている最中だから、詳しいことはその結果を見てみないとわからないらしい」

「――そんな」

「まあ、今は他人の心配より、自分の心配をしろ。お前だって五メートルの高さから落ちたんだ。一応、レントゲンを撮って異常はないらしいが、頭の銃弾のこともある。しばらくは大事をとって入院しておけ」

市倉が強い口調で言う。有無を言わせぬもの言いだった。石川はそれに従うしかなく、無言で頷《うなず》いた。

「そう言えば、トラックの運転手は？」

市倉と立花が病室を去ろうとした際、石川は気になって訊ねる。立花が口を開きかけると、市倉が前に出て言った。

「救急隊員が駆けつけた時には、すでに息を引き取っていたらしい。飲酒運転だ。大量のアルコールが検出されたよ」

石川は、陸橋の上での出来事を思い出す。運転席の男性は確かに俯《うつむ》いていた。飲酒運転で意識が朦朧《もうろう》とした状態だったと言われれば納得できる。だが。

「助手席に人が乗っていたと思うんですが、その人はどうなりました？」

石川が訊ねると、市倉は顎《あご》に手を当てる。

「――いや、現場の報告によると、トラックに乗っていたのは運転手だけだったらしいが」

市倉が立花を見る。

立花も頷いた。

見間違いだったか？

いや、違う。まさか。

「そうですか。ありがとうございます」

石川は助手席に座っていた男の顔を思い出す。黒く、そのシルエットしか見えなかったが、ひょっとしたら、あれが。

「ゆっくり休めよ」と言い残し、市倉と立花は病室を出て行った。しんと静まり返った病室のベッドで横になるも、落ち着かない。石川はむくりと起き上がり、ベッドを出る。背中の痛みに堪え歩き出すと、左腕が引っかかる。点滴の針が刺さったままだった。ぶら下げられた点滴のパックを見ると、すでに残りわずかだったので、思い切って針を引き抜く。

廊下に出る。院内は人気がなく、静まりかえっていた。スリッパを履く裸足《はだし》の両足が、即座に冷たくなる。記憶を頼りに、集中治療室のある階へと向かう。

比嘉の部屋はすぐにわかった。「面会謝絶」と書かれたプレートが扉に掲げられていた。石川はそのプレートを横目に、そっと扉を開く。

病室内は暗く、心拍数が表示されるモニターが怪しく光っていた。石川はそっと枕元に立つ。比嘉は頭に包帯を巻かれ、酸素マスクをつけられていた。目立った外傷はない。ひとまずはほっとした。石川は比嘉の眠った顔を、しばらくの間、眺めていた。

病室に戻ると、部屋から明かりが漏れていた。電気を点《つ》けっぱなしで部屋を出たのかと思ったが、扉を開けると、コンビニの袋を持った立花がベッドの脇で立ち尽くしていた。

「もう歩いて大丈夫なのか?」

石川に気がついた立花は驚いた表情を浮かべた。

「また来たのか。面会時間、過ぎてるんじゃねえか」

「そんな細かいこと、気にするタイプだったか?」立花はコンビニの袋を石川に手渡す。

「差し入れだ」

袋の中にはあんぱんと紙パックの牛乳、そしてアダルト雑誌が入っていた。

「中学生かよ」

石川が言うと、立花は満足げに笑った。石川はコンビニ袋を枕元のテーブルの上に置き、痛む背中に負担をかけないよう、ゆっくりとベッドに腰掛ける。

「さっき、医者を叩《たた》き起こして話を聞いて来た」

「おう」

立花が改まった口調で話し始めるので、石川は身構える。

「比嘉の件だ」

「おう」

しばし、沈黙が走る。

「頭の精密検査の結果だが、脳波に異常はない。内出血もしていない。多分、大丈夫だろうってよ。まだ意識は戻ってないが、頭蓋骨《ずがい》にはヒビ一つ入ってない。あの女、ああ見えてかなり骨太らしい」

比嘉が聞いたら殴りかかりそうなことを、立花は平気で言う。立花は咳払《せきばら》いをする。

「だから、お前が気にすることはない」

立花は言いながら、石川を見る。

「お前」石川は言おうかどうしようか一瞬悩んだあと、口にする。「ひょっとして、俺を慰めに戻って来たのか？」

「アホか」

立花は立ち上がり、顔を赤くする。その様子が何故か可笑《おか》しくて、石川は思わず笑ってしまう。立花は舌打ちをする。

「あの銃撃事件以降、お前はなんかこう、何かに追われているようだった。生き急いでいるような、死に急いでいるような、ええと……。いや、俺が言いたいのは、そういうことじゃなくて……」

立花はああ、くそ、うまく言えねえなと頭を掻《か》く。

携帯のバイブ音が響いた。そう言えば、自分の携帯はどこにあるのだろう。石川は思いを巡らすも、ひどく眠い。立花がポケットから携帯を取り出した。

「市倉さんからだ。まあ、あれだ。お前は、これを機にゆっくり休め」

「さっきも、同じことを言われたよ」

石川が返すと、立花はまた舌打ちをし、もしもしと携帯に応《こた》えながら病室をあとにした。瞬《まばた》きをすると、眠気が石川の意識を引き寄せる。石川はそれに抗《あらが》う気力もなく、身を委《ゆだ》ねることにした。


翌朝、目が覚めると体調は大分回復していた。背中の痛みがやや残ってはいるものの、動けないほどではない。顔を洗いすぐに比嘉の部屋へと向かった。廊下で医師と看護師達とすれ違う。面会謝絶のプレートは外れていた。扉を開けると、ベッドの上に体を起こした比嘉が、窓の外をじっと見つめていた。

「比嘉」

石川の声に、比嘉が振り返る。虚《うつ》ろな瞳《ひとみ》で、石川を見つめ返す。

「――誰？」

比嘉が不審者を見るような瞳で、不安げな表情を浮かべた。石川は歩みを止める。まさか、頭を打ったショックで、記憶障害を起こしたのだろうか。

比嘉は小刻みに震え始め、俯いた。肩の震えは大きくなり、ぷっと噴き出したかと思うと、大きな声で笑い始めた。

「――ごめんなさい、冗談よ」ひとしきり笑ったあと、比嘉がつぶやく。「何よ、その顔」

石川は嬉《うれ》しいような、馬鹿にされたような悔しさで、複雑な気分になる。

「言っていい冗談と、悪い冗談がある」

石川が不快感を露《あらわ》にすると、それが可笑しいのか、比嘉はまた腹を抱えて笑った。

「今のはギリギリOKでしょう」

昨日まで比嘉の心配をしていた石川は、それが杞憂《きゆう》だったことを思い知った。肩の力が抜け、石川も釣られて笑う。

「院内はお静かに」

笑い声が大きかったのか、廊下から看護師が注意に来た。石川と比嘉は顔を見合わせ、すみませんと謝る。看護師が扉を閉めたあと、二人は必死に笑いを堪《こら》えた。

「ちょっと、外の空気吸いに行かない？」

エレベーターで最上階まで行き、そこから階段で屋上まで上った。

屋上の扉を開くと、風が冷たい。もう一枚羽織ってくれればよかったと後悔する。

「寒くないか」

比嘉は驚いた様子で目を瞬《しばた》かせる。

「何？ 心配してくれてるの？ 頭でも打った？」

「それはお前だろう」

そう言うと、比嘉が笑った。

「助けてくれたんだよね。何となく、覚えてる」

「いや、結果的には怪我をさせてしまった」

石川は素直に頭を下げる。

「やめてよ。トラックが突っ込んで来て、紙一重で避《よ》けて、五メートル下に落下してこれくらいの怪我で済んだのよ。奇跡よ、奇跡。ありがとう」

比嘉が石川に向かい、深々と頭を下げた。石川は驚き、どう反応したらいいのかわからなくなる。顔を上げた比嘉がにこりと笑った。今までに見たことがない、屈託のない笑顔だ。

「──意識がない間にね、私、夢を見たの」真顔に戻った比嘉は、屋上の手すりまで歩きながら話し始める。「私、真っ暗な道を必死で走ってるの。あんなに一生懸命走ったのは高校の時の体育祭以来だと思うんだけど、それくらい全力で、息が続かないほど、走り続けたの。後ろから、何か恐ろしいものが私を追いかけて来て、それから逃げていたんだと思う。自分が走る足下も覚束《おぼつか》ないくらい真っ暗な闇の中、目の前の微《かす》かなあかりを目指して、一生懸命に走ったの。もう泣きたいくらいに横腹が痛くて、立ち止まりたいんだけど、少しでもスピードを緩めると、恐ろしいものに捕まってしまいそうで」

石川も比嘉の後を追い、手すりに手をかける。眼下に街並が見えた。上空には相変わらず重い雲が垂れこめていた。

「走り続けていると、トンネルの出口のような場所に出て、出ると目の前には大きな川が流れてて、遥《はる》か彼方《かなた》に向こう岸が見えて、そこに女の人がいて、こっちに向かって手を振ってるの。空は灰色で、川の水はよく見たら赤黒かったわ。向こう岸の女性が、必死になって手を振って『こっちに来るな、こっちに来るな』って言ってるの。けど、来た道をまた戻るのも嫌だったから、私、どうしようもなくて、その場にうずくまって泣いてたの。そしたら」

比嘉は遠くを見つめていた。石川もその視線の先を見つめる。

「そしたら？」

「肩を叩かれて、見上げたら、おばあちゃんがそばに立ってたの。『ミカ、もう泣かなくてもいいのよ』って言ってくれた。そこで、目が覚めた」

石川は比嘉の方を見る。頬に、涙が伝っていた。

「昨日、石川さんが銃弾を受けたときの話をしてくれたじゃない？　あなたが見た風景が、私にも少しだけわかった気がした。暗くて、寂しくて、途方に暮れて……。その暗闇から救われた時、生きていることを実感したの」

あれから半日も経っていないというのに、目の前の比嘉はまるで別人のようだった。

比嘉と目が合う。石川の鼓動が高まる。

「いつか、私にも死者の声が聞こえる日が来ると思う。おばあちゃんのように。そうなれば検死なんてしなくてもいいし、死体を切り刻む必要も無くなるわ。直接、どうして死んだのかを死者に聞けば済むんですもの。事故や自殺ならしょうがないけど、殺されたのだとしたら、その犯人が誰なのかを訊ねるの。解剖医の人手不足なんて、これで解決できるわ。問診に近いのかもしれない。それに、死者の声が聞こえるということが世間に知れ渡れば、無意味な殺人事件なんてこの世から無くなると思わない？」

比嘉の問いに、石川はなんと答えていいのかわからず、言葉を探す。

まさに、自分がそうだと、喉《のど》から言葉が出かかった。比嘉は俯《うつむ》き、微笑む。

「なんてね。夢物語よね、こんなの」そう言うと、比嘉は大きく背伸びをした。「はー、ごめんね。変な話して」

「そんなことはない」

石川は真顔で返す。比嘉は一瞬驚いた顔をしたあと、また微笑んだ。

「ありがとう。けどいいのよ、別に。話を合わせてくれなくても」

「そんなことはないよ」

石川ははっきりと答える。賛同された比嘉は、逆に自分の意見を馬鹿にされていると思ったのかもしれない。

「不可能よ、そんなこと。人間が死者と対話するなんて、映画の中の話じゃない。神様でもない限り不可能よ」

比嘉はふう、とため息をついたあと、しっかりと石川の目を見て言った。

「だったら俺は、神になるよ」

21

「比嘉さん、安静にしておかないとダメじゃないですか」

扉が開く大きな音がしたあと、医師達が血相を変えて屋上に走り込んで来た。石川に対して何か言いたそうな表情をした比嘉は、そのまま医師と看護師に連れられて行く。

一人になった石川は、冷気で体を震わせる。急いで自室に戻り、そのまま退院の準備をする。着替えながら石川はある仮説を立てる。

助手席で見た黒い影。トラックで自分達を襲ったのは、鬼だ。事故に見せかけて、石川達を殺そうとした。

誰の指示で？

――生田だ。

昨日の応援演説で出会った石川を、邪魔に感じた生田が刺客を送った。その可能性は、ある。自分達を襲ったトラックを調べれば、何か糸口が見つかるかもしれない。だが、これまでの事件と同じく、証拠が残されている可能性は低いだろう。

金属音が鳴る。ポケットの中のジッポーが落ちた。石川はそれを拾い上げる。大林の葬儀まであと一日。もう、時間がない。どこかに生田に繋《つな》がる道は無いだろうかと考える。ジッポーの蓋《ふた》を開ける。小気味良い音が室内に響いた。ホイールを親指で回すと、炎が灯《とも》った。オイルと炎の匂いを鼻から吸い込み、息を吐き出す。石川はずっと脳裏にあったカードを、切ることにした。

「益田清香さんの病室はどちらでしょうか」

石川はナースセンターで事務作業中の看護師に訊《たず》ねる。看護師が怪訝《けげん》な表情を浮かべたので、石川は胸のポケットから警察手帳を取り出した。

「今もまだ、意識は戻ってないですよ」

看護師はそう言いながら、益田の病室の番号をメモ用紙に書き、石川に手渡した。

伝えられた病室へ行くと、益田の母親らしい女性が花瓶の水を取り替えているところだった。石川は警察手帳を見せ、軽く頭を下げる。女性は警察手帳と石川の顔を交互に見た。化粧っけがまるでなく、白髪まじりの長い髪を後ろで結んでいる。年齢的には六十代から七十代といったところだろう。

「意識が戻る兆候が全くみられない、とお医者様に言われました」

益田の寝顔を見ながら、女性が言った。女性は益田の実母で、昨日、実家の山形から出て来たらしい。

「容態はそんなに悪いんですか？」

「――このままこうして植物状態が続くか、万が一目を覚ましたとしても、脳に障害が残る可能性もあるらしくて、以前と同じ生活に戻れるかどうかはわからないと言われました」益田の母親はハンカチを取り出し、目元を拭《ぬぐ》った。「お恥ずかしい話、私と父ちゃんは少しの年金と清香の仕送りをあてにして生活してきました。このままの状態が続くと、正直……」

自然と口角があがったことに気がつき、石川は慌てて口元を押さえる。母親は娘の回復を望みながらも、莫大《ばくだい》な入院費を抱え込むことに怯《おび》えているようでもあった。

「尊厳死、という処置もあります」

ハンカチで涙を拭う母親が、驚いた表情で石川を見つめた。だがすぐに泣き顔に戻り、病室を走り去る。扉が自動で静かに閉まる。石川は拳《こぶし》を作り、自分の頰を強めに殴った。

病室では生命維持装置のカウント音が静かに益田の鼓動を伝える。寒気がして振り返ると、大林が現れた。大林は石川の両肩を摑《つか》むようにして顔を近づけて来る。

「なんであんなこと言ったんですか。彼女を助けてくださいってお願いしたじゃないですか」

初めて大林が激昂《げっこう》するのを見た。石川は出来る限り冷静に応対しようと努める。

「――目を覚ます確率は低い。総合的にみたら、それが彼女にも彼女の家族にとっても一番いい」

「だからって、尊厳死だなんてあんまりです。彼女はまだ、三十二歳ですよ。人生、これからなんです」

「彼女が死ねば、私はあなたと同じように益田清香とコネクトができる。彼女が殺された当時の話を聞ける。真犯人の糸口が摑めるかもしれない」

「だからって」大林が迫る。

「真犯人を見つけてくれと言ったのは、あなただろう！」

石川は大きな声を出してしまったことに気がついた。病室の扉が開かれ、回診車を押した看護師が覗《のぞ》き込んだ。何かありましたか？　と訊ねる看護師にあいまいな返事をしたあと、石川は急ぎ足でその場を去った。

病院を出て、携帯の電源を入れる。起動と同時に不在着信の告知が画面に現れた。昨日の二十三時三十二分。喜多見からだった。

喜多見には先日、生田の身辺調査を依頼していた。その結果が出た、ということだろう。留守電が入っていたので、石川はボタンを押し、耳元に携帯をあてる。

「お預かりしているメッセージは一件です。一件目」という機械音声のあと、「もしし、喜多見です」という声がした。

「石川さん。悪いことは言わない。この件からは身を引いた方がいい。このままだと——」

そこで突然通話が終わる。石川は携帯の画面を見つめる。「お預かりしているメッセージは以上です。消去する場合は1を、もう一度聞くには2を……」受話口から機会音声が漏れる。

石川は携帯を操作し、着信履歴から喜多見にリダイアルをした。コール音が静かに響く。

「もしもし」

九コール目で、相手が出た。だが、声の様子から喜多見ではないことがわかる。

「もしもし」

恐る恐る、石川は返答する。

「申し訳ございません。失礼ですがそちら、どちら様でしょうか」

丁寧な口調で相手の男が言った。喜多見ではないが、聞き覚えのある声ではあった。

「こちら、警視庁捜査一課の石川と申しますが」

「石川かよ」相手が急に砕けた言葉遣いになる。「俺だ俺」

「──立花？　なんでお前が」

電話の向こうで、ため息が聞こえた。

「それはこっちの台詞《せりふ》だ。お前、この電話の持ち主とどういう関係なんだ？」

「喜多見さんはどこにいる？　電話、代わってくれないか」

嫌な予感がした。

「喜多見？　免許証の名前は小林だったぞ。きな臭い男なのか？」

立花の声色が変わった。だが、今はその問いに答えている場合ではない。

「名前なんて今はどうだっていい。それより、この電話の持ち主はどうしたんだ」

「死んでるよ。昨夜、水死体で揚がった」

石川は喜多見の死体が安置されている警察署を訊《き》き、急ぎタクシーで向かった。移動中、石川は電話で立花から事件の詳細な情報を聞いた。

昨晩、東京湾付近の倉庫番をしていた警備員から、車が海に落下したという通報を受けた。駆けつけると、一台の車が沈んでいるのが発見された。引き揚げた車の運転席に座っていたのが喜多見らしい。事件事故の両方で捜査を進めたが、捜査の結果、体内から大量のアルコールが検出されたらしい。飲酒運転で過って海に転落したのではないか、というのが警察が出した見解だった。

遺留品を整理しているところで携帯が鳴り、立花が通話ボタンを押したところ、出たのが石川だった、という。

「最近の携帯電話の防水機能は凄《すご》いな」と立花が言った。

湾岸《わんがん》署の遺体安置所に赴く。遺体の前で、一人の男が手を合わせていた。石川に気がつき、振り返る。市倉だった。

「よう。もう、外に出て大丈夫なのか？」

「はい。ご心配おかけしました」

石川は頭を下げる。

「あんまり無理するんじゃない。心配しなくてもうちは猛者《もさ》ぞろいだから、お前一人いなくてもそんなに困らない。それに、立花がお前がいない間にホシ挙げるって躍起になってるから、しばらくはそれに甘えて、ゆっくり休んでおけ」

「その心遣いだけもらっておきます。けど、もう怪我で休むのは嫌なんです」

石川が言うと、市倉は微《かす》かに笑った、ような気がした。

「発見が早かったからな。水死体にしては綺麗《きれい》な仏だ」

市倉が、白布をかぶせられた死体に視線を移して言った。石川はその白布をめくり上げる。青白い顔をした男が横たわっていた。石川は、いつもサングラスをかけている喜多見しか見たことがなかったので、目の前の男が喜多見だと言われても、ピンと来ない。

「最近、喜多見をよく使ってたみたいだな」

「——今回も、仕事を依頼中でした」

「何を調べてんだ？　俺にも教えてくれよ」

市倉が笑いながら石川の肩にパンチをする。ずしりと重かった。

「つい一ヶ月前、街で偶然、こいつと出くわしてよ。その日は俺も飲みたいと思ってたから、そのまま飲みに行って」市倉は喜多見の枕元に立ち、その顔を見つめながら言った。「お前の話になると、『石川さんは犯人を捕らえようとする執念がもの凄い。俺が仮に殺人を犯したとしても、絶対に石川さんにだけは追いかけられたくないです。だってあの人、しつこいから』って、褒めてたぞ」

市倉はにっこりと口角を上げる。だが、瞳《め》は全く笑っていなかった。

「それって」石川は市倉を見つめながら言った。「褒められてるんですか？」

市倉はまた、石川の肩を叩《たた》く。

「まあ二、三日ゆっくり休め。お前が休んでも、この世から犯罪は消えてなくなりはしないから」

市倉は右手を挙げ、遺体安置所をあとにした。石川は手に持った白布を、喜多見の顔に戻す。目の前に、一人の男が現れた。喜多見だ。いつものようにサングラスをかけた喜多見が、ばつが悪そうに頭をぼりぼりと掻《か》く。深いため息をついたあと、言った。

「石川さん。すみません、殺されちゃいました」

22

「何があったんですか？」

警察署を出て、人通りの無い小道に入ったあと、石川が喜多見に訊《たず》ねる。

「石川さんの依頼通り、生田の情報を色々と集めていたのですが、どうやら深いところまで行きすぎたようです。車で信号待ちをしている最中、通行人に窓ガラスをコンコンと叩かれて、道を訊ねられてから記憶がないんです。おそらく、薬物を嗅《か》がされて、意識が朦朧《もうろう》としている最中に、アルコールを無理矢理大量に摂取させられたんじゃないかと」喜多見は冷静に、淡々と石川に報告する。「あとは、気を失っている間に車ごと東京湾に落とされた――」

「その、通行人の顔は見たのですか？」

「見ました。背の高い色白の男で、黒いパーカーをかぶっていました。頭はおそらく、スキンヘッド。額に、突起がありました。そう、角、のような」

「――鬼」

石川がつぶやくと、喜多見が頷《うなず》いた。

「噂はね、聞いたことがあったんです。鬼と呼ばれている殺し屋がいるっていう。まさか自分が殺されるはめになるとは、夢にも思ってませんでしたが」

「噂っていうのは？」

「名前、国籍、容姿全て不明の、要人の殺人を専門に行う殺し屋です。ただ『鬼』とだけ呼ばれていました。馬鹿高い報酬の代わりに、受けた依頼は必ず実行する、腕のいい殺し屋です。しかも、絶対に他殺だとわからないように偽装するんです。たまに不自然な自殺や事故死が発生すると『鬼の仕業』だって、仲間内で話題になっていました」

「有名な殺し屋なんですか？」

「まあ、都市伝説の類《たぐ》いでしたね。『お前、ふざけてると鬼が来るぞ』って、脅しの常套句《じようとうく》に使ったりするくらいです。こう言う私だって、信じてませんでしたよ。自分が殺されるまでは」喜多見が鼻で笑う。他の死者と違い、まったく悲壮感がない。「『どんな要人も殺す。自殺に見せかけて殺す。事故に仕立て上げ殺す。必ず殺す』それが、私が知っている『鬼』の噂です」

「鬼を捕らえたい」

石川が言うと、即座に喜多見は首を横に振った。

「無理です。鬼はとてつもなく慎重な男で、用心深い。居場所を探すにしても、不可能に近いでしょう。鬼に近づくには、自分がその殺しの対象になるしかない。まあ、石川さんはひょっとしたら、もう一度会えるかもしれないですけどね」

喜多見は石川の頭に巻かれた包帯を見る。突然、石川の後方を指差し、はっと驚いた表情を見せた。石川は振り返り、辺りを警戒する。特に何もないようでほっと胸を撫《な》で下ろした。その様子を見て、喜多見が笑った。

「喜多見さん」

石川は馬鹿にされたと思い、少し腹を立てる。喜多見は両手を前に出し、落ち着けと身振りで示す。

「まあまあ、恐れることは恥ずかしいことではないです。むしろ長生きするためには、一番必要な要素だと私は思います。危険が察知できなければ、命なんていくつあっても足りやしない。そう、俺みたいに」喜多見が笑う。「あ、今のは笑うところですよ」

つい忘れてしまっていたのだが、彼は死んでいるのだ。それも、石川が生田の情報収集を依頼したばっかりに、だ。石川は急に申し訳なくなり、深々と頭を下げる。

「すみません。俺が依頼したばっかりに」

「石川さん。そういうのはやめていただけませんか。勘違いにも程がある。何も私は、石川さんのせいで死んだんじゃない。危険な仕事は石川さんからの依頼だけじゃないし、これまでに命を落としそうになった案件だって山ほどある。今回、私が死んだのは、あくまで私の不注意からだ。もっと相手を警戒しておくべきだった。落ち度があったのは私です。そうやって石川さんに頭を下げられる筋合いはないですよ」

喜多見との付き合いはそれほど長くないが、彼がどういう類いの人間なのか、理解することができた。もう死んでしまったのがとてつもなく惜しい。

「それに、生田の情報を手に入れられたんでね」喜多見が笑う。「文字通り、死ぬ覚悟で得た情報です。ただし、証拠がない。証拠を探している途中でこうなっちゃったものですから、私が集めた情報とちょっとした私の推測しかない。この点は、よろしいですか？」

石川は頷くしかない。むしろ、それだけでもありがたい。

「あとひとつ、いいですか」喜多見が人差し指を立て、真面目な顔つきをした。「生田の情報を話す代わりに、私のお願いを聞いていただきたいのですが」

「お願い？」

「なあに、簡単なことです。ある物を、ある人に届けてもらえればいいだけなので」

サングラスでわからないが、おそらく喜多見は真剣な眼差《まなざ》しを石川に向けている。

「事件が解決してからではダメですか？　時間が、ないんです」

「石川さん。あなたが急ぐのは理解できる。だけどね、こっちだって時間がない。いつまでも私がこの世にいられるとは限らない。そうでしょう」

喜多見が石川の顔色を窺《うかが》う。石川は目を逸《そ》らす。「やっぱりね」

石川は両手を挙げ、お手上げのポーズをした。

「おそらく死後七日、いや、火葬され肉体が無くなったタイミングで、私はこの世からいなくなる」

「──いなくなるかどうかは定かではありませんが、経験上、こうして私と話はできなくなります」

喜多見の洞察力の深さに、石川は驚きを隠せない。

「わかりました。喜多見さん、あなたのお願いは何ですか？」

指示通り、石川は喜多見の遺品からセキュリティカードと鍵《かぎ》をとり、銀行へ向かった。喜多見名義の貸金庫から、小振りなスポーツバッグを取り出す。持ち上げると意外に重い。

レンタカーを借り、房総へと向かった。助手席にはスポーツバッグを置き、喜多見は後部座席の真ん中に座っている。

「どうして私に言ってくれなかったんですか。死人と話せるって」

高速を下りたところで、それまで無言だった喜多見が話しかけてきた。

「話したところで、信じてくれましたか？」

バックミラーを見ても喜多見の姿は無いが、振り返るときちんとその姿は確認できた。

「確かに、信じないでしょうね。それどころか、多分その時点で連絡を取るのをやめていたかもしれません」

「それは賢明な判断です」

石川は笑って返す。

「今までも、こうやって事件を解決してきたんですか？　その……、死人から事情を聞いて」

「ええ。ただ、死者の声が聞こえて犯人がわかっても、それだけじゃどうしようもないことが多いんです。むしろ、苦労することが増えました。今回の大林の件だって、死者の大林の話を聞いていなければ、益田清香との痴情のもつれということで解決、ですからね」

「真実のない生というのはあり得ない。真実とはたぶん、生そのもののことだろう」

「――なんですか？　それは」

「私が好きな作家の言葉です」

車をナビ通りに進める。目的地まで、あと一キロ。もうすぐだ。

「どんな気分ですか？　こうやって、死人とドライブするのは」

「変わりませんよ。生きている人を乗せていようが死んでいる人を乗せていようが、目的地は変わらない」

「確かに」喜多見は指を鳴らす。「石川さん、一度でいいから、あなたと酒を呑みたかったな」

喜多見が指示した目的地は、木造二階建てのアパートだった。石川は車をアパートが見える少し離れたコンビニの駐車場に停め、助手席から喜多見のスポーツバッグを取り出す。

「二階の四号室、です」

喜多見の指示通り、階段で二階にあがり、呼び鈴を押す。三回鳴らすと、中から小学校中学年くらいの男の子がドアの隙間から顔を覗かせた。ドアチェーンはかけたままだった。

「お家《うち》の人、いるかな」

少年は首を横に振る。石川は隣に立つ喜多見を見る。喜多見は少年を見つめたまま、微動だにしない。その視線はサングラスで隠れており、思惑はわからないが、石川はなんとなく察しがついた。

「じゃあ、これをお母さんに渡しておいてくれるかな」

石川はドアの隙間からスポーツバッグを見えるように振る。少年はしばらくスポーツバッグを見つめたあと、チェーンを外しドアを開けた。少年が廊下に出てくる。隣に立つ喜多見が一歩後ずさる。石川はスポーツバッグを少年に手渡した。少年はスポーツバッグを胸に抱えると、喜多見がいる方をじっと見つめる。喜多見が驚いた様子で石川の方を見た。石川は首を傾げるしかない。少年は踵《きびす》を返し、何も言わずにドアを勢いよく閉めた。鍵が閉められ、ドアチェーンがかけられる音がする。母親から、戸締まりをきちんとしなさいとしつけられているのだろう。

「大きくなったな」

喜多見が小声で口にした言葉を、石川は聞き逃さなかった。


「ありがとうございました」

車に乗りながら、喜多見が頭を下げた。石川はあの少年と喜多見の関係を聞きたかったが、やめた。それよりもまず、喜多見から聞かなければいけないことがある。時計を見るともう十六時過ぎだった。

「約束通り、生田の情報を話してもらえますか」

石川は車を走らせる。とりあえず都内に戻りながら、喜多見の話に耳を傾ける。

「単刀直入に言います。戸口悟郎、大林智志、柿生勝を殺したの生田丈太郎です。動機は口封じ」

「口封じ」

信号が赤になり、石川は車を停める。喜多見が続ける。

「五年前、生田は海外研修と称して、シンガポールに行きました。当時まだ発展途上だったシンガポールに、日本企業を誘致する足がかりを作るのが表向きの目的でした。裏の目的は、まあ、慰安旅行のようなものです。その時の秘書だったのが先ほどあげた戸口悟郎と大林智志、柿生勝、それに、今も秘書を続けている佐野正太郎。他にも現地のコーディネーターとして相模有一《さがみゆういち》という男が同行しました。そしてもう一人。その男が、今回の事件の鍵を握る人物です」

信号が青になる。石川はアクセルを踏む。

「鍵……。誰、ですか?」

「生田丈太郎の息子、清十郎《せいじゅうろう》です」

23

「生田清十郎がどうしてもシンガポールに行きたいと駄々をこね、仕方なく同行させることになったそうです。他人に厳しく身内に甘いのは、稀代《きたい》の政治家も変わらないのですね」

「そんなに小さいんですか? 生田の息子は」

「当時……三十九歳、ですね」

「それはまた……、生田も苦労していそうですね」

「無理もないでしょう、自分の子供はいくつになってもかわいい」

先ほどの場面を思い出すと、説得力のある言葉だった。石川の視線に気がついたのか、喜多見が咳払《せきばら》いをする。

「とにかく、清十郎も一緒にシンガポールに行ったのですが、父親と行動するつもりはさらさらなかったらしく、現地や観光客の女性をナンパしては、夜な夜なレストランやバーで飲み明かしていたそうです。父親の金で自由に海外旅行が楽しめるから付いて来た、というところでしょう。見かねた生田は仕方なく秘書の一人を子守りとしてつけました。それが、戸口悟郎です。事件は、帰国する前日の夜に起こりました。清十郎がバーでいつものように大騒ぎをしていると、柄の悪い地元の若者らが因縁をつけてきました。清十郎と戸口は女性を置いてバーを飛び出し、走って逃げたそうです。ですが路地裏で清十郎は捕まってしまい、若者らに囲まれてしまいました。身の危険を感じた清十郎は、護身用のナイフを取り出し、勢い余ってリーダー格の若者を刺し殺してしまいました。

戸口は急いでコーディネーターの相模に連絡し、金の力でなんとかその事件をもみ消しました。清十郎は生田にしこたま叱られ、東京に帰ってしばらくの間は、関西に身を隠していたそうです。

今年に入ってからその秘密を知る戸口が、生田に接触を試みました。数年前に秘書を辞めた戸口は当時無職で、その日の生活もままならない状態でした。戸口は清十郎の殺人をネタに、生田を脅迫しました。マスコミにばらされたくなければ、五千万円用意しろ、と。生田は総裁選、初の総理大臣の椅子が目前に迫っていたため、焦りました。金で解決できるならと、生田は五千万円を戸口に払い、その場を丸く収めました。ですが……」

車はアクアラインに入る。視界はひらけ、レーシングゲームのような直線的な風景の中を走る。

「味をしめた戸口は、今度は生田に一億円を要求して来たんです。このままではきりがないと判断した生田は、現役秘書の佐野に指示して、戸口を事故に見せかけて殺害しました。同じくシンガポールに帯同していた秘書の大林、柿生からも脅迫されることを怖れた生田は、口封じのため彼らにも手を出した。——ですがただ一つ、誤算がありました」

「誤算？」

石川は後ろを振り返り、喜多見を見る。

「大林さんと話がしたいのですが、呼び出せますか？」

喜多見が言う。

「もう、隣に座っています」

石川は瞬時に大林とコネクトする。大林は喜多見の左隣に座っていた。喜多見はキョロキョロと辺りを見回す。

「あなた達死者同士が話をすることはできません。私の能力では、別々の場所で亡くなった死者を引き合わせることはできないようです」

「それは……色々と制約があるんですね」

喜多見が左を向きながら言った。大林は顔を右に向ける。石川からは二人が見つめ合っているように見える。

「では、私の代わりに大林さんに訊《き》いてもらえませんか？」

石川が頷《うなず》くと、喜多見が話し始める。

「五年前、生田丈太郎と共にシンガポールへの海外視察に行きましたか？」

石川は喜多見の言葉を一言一句違《たが》えずに復唱した。

「ええ。確かに私は五年前、生田先生とシンガポールに行きました。それが、何か」

後部座席に座る大林が答える。石川は振り返り、喜多見に向かって頷いた。

「同行した生田清十郎が現地で起こした殺人事件をご存知ですか？」

石川はまた、喜多見の言葉をそのまま大林に伝える。

「殺人事件？　何ですか、それは」

喜多見の隣で大林が驚いた。その反応に石川も驚く。喜多見が笑った。

「私の推測が当たっていたようですね。大林、柿生は生田清十郎の殺人事件のことを全く知らなかった。知っていたのは戸口と生田親子、佐野、そして事件を処理した相模だけです。知っているはずだ、という生田の思い込みから、二人は殺されたんです」

ずにいた」

「それでか……。大林は、自分が何故殺されなければいけなかったのか、理由がわから
石川が言うと、喜多見が頷く。

「石川さん、何の話ですか」

大林が不安そうに訊《たず》ねた。石川は柿生ともコネクトを開始する。振り返ると柿生が座っていた。右から柿生、喜多見、大林の順で後部座席に死者が座っている。

「大林さん、柿生さん。あなた達は、生田の思い違いから殺されました」

「え？」

大林と柿生が声を合わせる。

「五年前の海外視察に同行した生田の息子、生田清十郎は現地で殺人事件を起こしてしまいました。現地のコーディネーターの相模がその事件をなんとかもみ消しましたが、その件で戸口悟郎が生田を脅迫、そして殺害された。あなた達二人も、同様にその事実を知っているだろうと生田は思い違いをして、口封じのためにあなた達を殺したのです」

「生田清十郎が殺人？　シンガポールで？　なんですかそれ」

柿生が運転席のヘッドレストを摑《つか》むような姿勢で前のめりになる。大林は口をぽかんと開けている。バックミラーに映らないので、石川は彼らの反応を見るためにいちいち振り返らなければいけない。アクアラインが直線で良かった、と石川は思った。

「まあ、柿生さんの場合は不正献金のスケープゴートとしての意味合いの方が大きいでしょうが。どちらにしても彼は殺されていましたね」

喜多見が正面を向いたままつぶやく。そのまま伝えても柿生の怒りが増すだけなので、石川はこの発言については触れないことにした。

「もしくは、戸口は生田を脅迫しつつも、他の秘書も知っていると漏らしたのかもしれません。リスクを分散させるために。自分が死んでも他にも知っている奴らがいると警告した可能性はあります。口を封じるには自分一人を殺すだけでは無駄、同行した秘書二人も知っている、そう思わせたかったのでしょう。ですが、生田はその三人全ての口を封じる方を選択した。そういう意味では、戸口の誤算でもあります」

「どっちにしても、とばっちりだ」

喜多見の言葉を石川が要約して言うと、柿生が叫んだ。

「清十郎さんの件は今回初めて知りました。シンガポールでの最終日、ドタバタしていたのは覚えています。予定をキャンセルしたり、帰国の便を急遽《きゅうきょ》早めたり……。そうか、そういうことだったんですね」

大林は当時の状況を整理し、静かに納得している様子だった。

「もう一つ」喜多見が人差し指を立てる。「ここからが本題です」

嘆き続ける柿生と、静かに考えを巡らしている大林の真ん中で、喜多見が語り始める。

「海外視察に同行した秘書は戸口悟郎、大林智志、柿生勝、そして現秘書の佐野」

「佐野が次のターゲット？」

石川は先日の演説の時に言葉を交わした佐野の姿を脳裏に浮かべる。利発そうで、隙のない人物だった。

「可能性はあります。佐野も事件の真相を知る一人ですから。ですが、連続して秘書が死んでいる現在、また秘書が死ぬと、生田への疑念は増すばかりで、総裁選出馬も危うくなるでしょう。となると次に狙われるのはおそらく」

「コーディネーターの、相模有一」

石川が言うと喜多見は頷いた。「相模は今、大阪で海外旅行の代理店を経営しています」

「大阪……。それは、確かな情報なのですか？」

「私が死んでいるのが、事件の核心に近づいている何よりの証拠、ってことになりませんかね」

喜多見が言った。

石川はしばらく考え込んだあと、胸から携帯を取り出す。電話帳からある番号を探し、発信ボタンを押した。ハンズフリーの設定にし、携帯をダッシュボードに置く。

「あいよ」

すぐに相手が出る。

「石川です」

「んなもん、電話帳に登録してるから、画面見たらすぐにわかるよ」

電話の相手、四方木充《よもぎみつる》は不機嫌そうに返す。

「実はお願いがあるんですが」

「石川ちゃん、あんたが俺にお願いごと以外で電話かけてきたことあるか？　あ？　毎度毎度面倒臭い用件ばかりやらせやがって」

四方木はいつも口が悪い。だが今日はいつにも増して悪い。何かあったのかもしれない。石川はその心当たりを考える。

「ある男の居場所を調べてもらいたいのですが」

「おいおい石川ちゃん、人の話聞いてますか？　勝手に話を進めるんじゃないよまったく。俺の都合はどうだっていいっていうのか？　あ？」

「――不正アクセスの件は見逃しますよ」

「え？」

急に四方木の口調が変わる。どうやら、ビンゴのようだ。

「一昨日《おととい》、何者かが警視庁のサーバに不正アクセスした事件がありました。あれ、四方木さんの仕業でしょう」

「何でわかるんだよ」

「わかるというよりも、消去法なんですよ。私も何人か凄腕《すごうで》のハッカーは知っていますが、警視庁のサーバに侵入できるようなレベルの人なんて、私が知る限りでは日本で三人だけです。うち、二人はそういうことは絶対にやらないタイプなんで」

四方木は石川の交番勤務時代からの知り合いで、石川がよく行く定食屋で知り合った。お互いその店の常連で、相席を繰り返すうちに会話を交わすようになった。石川は自分が刑事だという身分を隠して外回りの営業だと偽り、四方木は大手IT企業でエンジニアをしていると言っていた。仲良くなるにつれ、四方木は実は会社員ではなく、フリーのエンジニアだと明かし、そのうちに自分の技術力の高さを自慢するようになった。ある日、定食屋で四方木と相席になりテレビを見ていると、大手ニュースサイトがハッキング被害に遭い、記事が書き換えられていたという事件があった。それを見て四方木が、「あれ、実は俺の仕業なんだ」と笑った。

その後も携帯会社の個人情報を流出させたり、嘘か本当か定かではないが、FBIのデータベースにも忍び込み、情報をハッキングしたと嘯《うそぶ》いた。定食屋での関係は石川が捜査一課に配属になった後も続いた。

ある事件でノートパソコンの中に保管された重要なデータを抜き出さなければならなくなったとき、石川は自分の素性を明かし、四方木に捜査の協力を依頼した。四方木は驚き、「騙《だま》された」と断られるのだが、石川は過去のハッキング犯罪をネタに四方木を強請《ゆす》り、仕事を受けさせた。以後、過去のハッキング犯罪には目を瞑《つぶ》る、定食屋のメシをおごるという条件で、数々の捜査に協力してもらっている。

「――証拠でもあるのか」

四方木が恐る恐る訊ねる。

「四方木さんがやったのなら、証拠なんてあるわけないじゃないですか。私はただ、自分の推測を話しているまでです。ですが、私が今回の不正アクセスは四方木さんが怪しいとタレ込めば、警視庁は四方木さん宅を家宅捜索するでしょうね。綺麗《きれい》好きな四方木さんは、大勢の警察官に自分の家財一式何もかもを押収されても平気なんでしょうか」

「そん時は、これまでのお前からの依頼もバラすぞ」

四方木が声を荒らげた。

「どうぞご勝手に。警視庁のサーバをハッキングするほどの手練《てだれ》だ、特定の捜査官一人をおとしめるのも簡単でしょうね。私は知らぬ存ぜぬで通します。ただ、四方木さんはそれから警察にマークされることになる。これまで通り自由に仕事が出来なくなるかもしれません。ダメージが大きいのは、どちらでしょうね」

しばらくの間、沈黙が続く。

「あー、もう、わかったよ。交渉上手になったな、石川ちゃんは。いや、これはもう交渉じゃない。脅迫だわ」

「褒め言葉として受け取っておきます」

「で、どこのどいつを調べればいいんだ？」

「大阪在住の、相模有一。旅行代理店を経営しているそうです」

「ゆういちって、どういう漢字だ？」

「有無の有りに、数字の一」

石川が言いかけると、四方木がかぶせる。

「一、だな。株式会社相模ツーリスト社長、相模有一。五十一歳。関西学院大学卒業後、大手旅行代理店に入社、十年後に退社して独立、現在に至る。二度の離婚歴あり、子供は高校二年生の長男と中学三年生の長女。一昨年《おととし》尿管結石を患ってから、健康に気を遣っている様子」

石川の携帯がメールを受信した。通話しながら確認すると、画像ファイルが添付されている。見ると、ソファに座った五十代くらいの小太りな男が、両脇に女性を侍《はべ》らせていた。男の髪は短く、ゆるめのパーマをあてているようだった。件名には「相模社長、新地のキャバクラにハマる」と書かれていた。

「いつも思うんですけど、その情報、どうやって調べているんですか？」

石川が相模の名前を言ってから、十秒も経っていない。それにもかかわらず、ほぼ主要な情報が石川の手元に集まった。事前に用意していたとしか思えないほどの手際の良さだ。

「企業秘密に決まってんだろ。まあ、ネットに情報を公開することが多い人間ほど、そこから情報を引き抜きやすい。ええと、会社も大阪か。んで、社内ネットワークはっと……、あった。ちょっと待てよ。名古屋と東京にも支社があるのか。儲《もう》かってるみたいだな、この相模っておっさん」

車はいつの間にかトンネルを抜けていた。時計の針はまだ十八時を過ぎたくらいだが、周囲はすっかり暗い。

「石川ちゃん、わかったよ。相模有一の居場所」

「ありがとうございます。大阪の、どこですか」

「今日は月に一度の定例報告会議だ。相模も出張にかこつけて、羽を伸ばしてるんだろうな」

「出張?」

「ああ、昨日から東京入りしてる」

24

石川は四方木から相模の会社の住所を教えてもらい、そのまま車で向かうことにした。後部座席の三人の姿はすでにない。時刻は二十時少し前、応援を呼ぼうか悩んだが、止めた。単独行動を責められるのがオチだ。そもそも、何を根拠に捜査をしているのかと問われても、死者の証言で動いたとは答えられない。

相模の会社が入っているビルは、十三階建ての近代的なビルだった。石川はその脇に車を停める。休日のオフィス街は、閑散としていた。付近にはコンビニも無く、遠くに見える定食屋らしき店も閉まっていた。街灯と自動販売機の明かりだけが煌々《こうこう》と光る。

ビルは全面ガラス張りで、最上階からすべて、電気は消えていた。相模の会社は三階と四階で、もちろん明かりはついていない。

付近のビルでは明かりが灯《とも》っているフロアがちらほら見受けられる。だが、路上に人影はない。休日の夜のオフィス街は閑散としていた。

正面入り口はロックされており、ガラスの自動ドアの前に立っても、何の反応もない。裏口に回るが、こちらも鍵《かぎ》がかかっていた。管理人がいる様子はない。石川は四方木から聞いた相模の携帯に電話をかけるが、しばらくすると留守電に切り替わるだけだった。石川は仕方なく、再度四方木に電話をかける。

「風呂《ふろ》に入ろうと思っていたところなのに」

と言いながら、四方木はワンコールしないうちに電話に出た。

「すみません。お風呂はもうちょっと待ってもらえませんか」

「なんだよ、今度は」

「今、相模の会社が入っているビルの前にいるんですけど、ドアが開かなくて」

「会社に電話してみろよ」

「誰もいないようなんです。ビル全体がしんと静まりかえっていて」

「――ったく、まだ二十時前じゃないか。もっと仕事に励めっつーの。なぁ」四方木が同意を得ようとするも、石川は答えない。深いため息が聞こえる。「――で、俺に何をどうして欲しいんだ？」

「このビルのセキュリティを一時的に解除して欲しいのですが、可能でしょうか」

「何で俺がそこまでしなきゃいけないんだ？」

「やっぱり無理ですよね」

石川がそう言うと、ガラス張りの自動ドアが静かに開いた。

「無理なわけねえだろ、アホか」

石川はありがとうございますと言いながら、恐る恐るビルの中に入る。

「お願いしておいてこういうこと言うのも何なんですけど」

「何だよ」

「よく、こんなことができますね」

「デジタルで管理してればちょろいもんよ。セキュリティネットワークの裏をかけば、石川ちゃんが思っているよりも簡単な仕組みだ。まあ、言うなればデジタル化の闇の部分だな。俺からみれば、南京錠の方がたち悪いよ」

石川はビルのエントランスを抜け、エレベーターのボタンを押しかけたところで止めた。エレベーターの脇にある扉を開き、非常階段を上ることにする。

「ちなみに」非常階段で自分の声がこだまする。石川は慌てて声を小さくした。「相模の今の居場所って、調べられますか？」

「携帯にGPS付いてるからな。ちょっと待て」

石川は電話を耳にあてながら、階段を上る。足音がしないよう、つま先立ちで一歩一歩、慎重に上った。

「そのビルの位置上にいるよ。何階かまではわからんが、そこで間違いなさそうだ」

「ありがとうございます」

三階に着いた石川は、音を立てないようドアノブをゆっくりと回し、非常扉を開ける。廊下は薄暗く、非常口への誘導灯がついているだけだった。

「それじゃあ、死なねえように」

四方木の声が途中で切れる。携帯の電波が悪くなったのかと思ったが違った。

頭が大きく揺れたのだ。

石川は前屈《まえかが》みで転び、そのままエレベーターの扉に勢いよくぶつかる。背中に痛みを感じながらも顔を上げると、大きな人影が石川の頭上で足を上げていた。石川は体を横に回転させる。踏み下ろされた足がエレベーターの扉に当たり、大きな音がした。見ると、扉が少しだけへこんでいる。鉄板入りのブーツでも履いているのか、と石川は冷や汗をかく。

石川は立ち上がったあと、数歩後ろに下がる。

目の前には全身黒ずくめの大男が立っていた。

黒いパーカーのフードを頭にかぶっているため、その表情は見えない。だが、石川はこの男が鬼だと直感で理解した。対峙《たいじ》しているだけで、背筋が凍る。

鬼は左手に大きなバッグのようなものを持ち上げていた。

よく見ると、人だった。

ゆるめのパーマをあてた、短髪の男の首筋を持ち上げている。男は気を失っているようだ。少しふっくらとした体格……おそらく、彼が相模だろう。

鬼は意識のない相模を座らせ、エレベーターの扉にもたせかけると、予備動作もなく石川との間合いを詰めた。鬼は音もなく石川の右足を狙い蹴《け》り上げて来る。石川はすんでのところで足を引き避《よ》けた。

空振りした鬼は体勢を崩すこともなく背を向け一回転し、今度は逆の足で石川の軸足を狙う。石川は避けきれず、左足の外ももに鬼の蹴りを喰《く》らった。鉄パイプで殴られたような衝撃が走る。石川は思わず膝《ひざ》をついてしまう。

跪《ひざまず》いたところに、側頭部を狙った蹴りが飛んで来る。石川はそれを左腕で防ぐも、勢いで弾《はじ》け飛ぶ。オフィスのドアに思い切り肩をぶつけた。

「ぐっ」痛みで思わず声が漏れる。

ドアを背に立ち上がり、すぐに体勢を立て直す。

左足と左腕は、痺《しび》れと痛みで思うように力が入らない。石川は右手で胸のホルスターから拳銃《けんじゅう》を取り出し、鬼に向かい構えた。だが、鬼が動じる気配は全くない。

鬼は数歩下がり、エレベーターの扉に背を預け座らせていた相模を右手で軽々と抱えた。相模の背中を盾のようにこちらに向け、突進して来る。

石川は背のドアノブをひねる。オフィスのセキュリティも切れているのか、すんなりとドアが開いた。石川は迫り来る鬼を横目に、オフィスの中に飛び込んだ。鬼もかまわず、相模を盾に突進してくる。

オフィスの中は二百坪程の広さで、事務机が整然と並んでいた。奥の壁際はガラス張りで、近隣のビルの明かりが真っ暗なオフィス内を照らしている。

石川は右手で銃を構えたまま、左足を引きずって後退する。

鬼は先ほどと変わらず、相模を盾にこちらの様子を窺《うかが》っている。

「無駄な抵抗は止めろ！」

石川は目の前の鬼に向かって叫んだ。深夜のオフィスで聞く自分の声が、どこかもの寂しく思えた。それほどまでに、目の前の鬼は圧倒的な威圧感を醸し出していた。

鬼との距離はおよそ五メートル。

石川は拳銃を構えながら後ずさり、オフィスの奥、窓ガラス付近まで後退した。外の冷気が伝わり、ひんやりとした空気が石川を包む。鬼に向けた銃口が、微《かす》かに震えていた。石川は自分が怯《おび》えていることに気がついた。

瞬間、相模の体が宙に舞った。

時間にすれば数秒の出来事だっただろう。だが、石川にはそれが一分にも二分にも感じられた。鬼が石川に向かって相模を放り投げたのだ。

ゆるやかな回転を帯びて宙を飛ぶ相模に目を奪われている間に、鬼が間合いを詰めて来た。それを理解した時にはもう遅かった。

鬼が石川に体当たりをしてくる。石川は避けきれず鬼に捕まる。鬼は石川の体を摑《つか》むと、そのまま直進して窓ガラスに叩《たた》き付けた。

石川は右手をガラスに強打し、その反動で手から銃が弾け飛んでしまう。銃は机の下に滑り込んでしまった。鬼はそれを横目で見つつ、石川の胸ぐらを摑み上げる。

黒いフードがはずれ、鬼の素顔が見えた。

頭はスキンヘッドで、額の中央が大きく突起していた。角は三センチ程の高さがある。眉毛《まゆげ》が無く、驚いたことにまつ毛もない。毛を現場に落とさないために抜いているのだとしたら、常軌を逸している。首を絞め付けられている物理的な恐ろしさよりも、その徹底した用意周到さに、石川は恐怖を覚えた。

鬼は石川の胸ぐらを摑んだまま体を倒し、窓ガラスに向かって思い切り叩きつけた。石川の左半身が窓ガラスにぶちあたり、衝撃で意識が飛びかける。

息つく間もなく鬼は二度、三度と同様に石川を窓ガラスに叩きつけた。摑まれている首もとを見ると、鬼の手首は石川の太ももと同じ位の太さがあった。圧倒的な腕力の前に、石川はなす術《すべ》が無い。

四度目に窓ガラスに叩きつけられた時、乾いた音がした。石川はちらりと音の方を見る。すると、ガラスの中央部辺りに微かな傷がついていた。石川の左ももが痛む。おそらく、石川のズボンの左ポケットに入ったジッポーが当たり、叩き付けられた衝撃でガラスに傷がついたのだろう。

石川は必死に鬼の手を振りほどこうとするも、びくともしない。鬼は襟首を持った両手をクロスさせ、石川の首を絞め上げる。石川は必死になって逃げようとするも、もがけばもがく程、首にシャツが食い込んで苦しくなる。

鬼はさらに石川を上へと持ち上げた。石川を窓ガラスに押し付ける。石川は動く足で思い切り鬼を蹴る。だが、鬼はびくともしない。返す足で、石川は力一杯窓ガラスをかかとで蹴りつけた。窓ガラスはびくともしない。鬼の視線が、ガラスの傷の箇所に移った。もう一度石川は足を振り上げ、かかとでガラスを叩く。ガラスに亀裂《きれつ》が入った音が聞こえた。

鬼が異変に気づく。一瞬、鬼の腕の力が緩む。石川はその隙を逃さず、鬼のフードを両手で摑んだ。体を起こし、両足を鬼の胸につけ、石川は思い切り鬼を引き寄せる。

背中のガラスが、みしみしと音を立てるのがわかる。鬼は、驚いた表情を浮かべた。

石川はさらに下半身に力を入れ、ガラスに背中を押し付ける。

不意に力が抜けた感覚がして、空が見えた。

曇り空だ。頰に冷たい風を感じた。

割れたガラスが、星のように煌《きら》めいて見える。

体に浮遊感を覚え、急に不安になる。

ここが何階だったのか、思い出そうとするも頭がうまく働かない。

すぐ側に、両目を見開いている鬼の顔が見えた。

その視線の先を見る。緑があった。

木々が折れる音が聞こえ、顔や腕が枝にぶつかったあと、思い切り背中を打ち付けた。身を屈めていたので、頭をぶつけずに済んだ。

背中を打ち付けた衝撃で、呼吸が出来なくなる。気を抜けば意識が飛びそうな中、なんとか堪《こら》え、立ち上がる。見上げると、頭上には街路樹があった。枝がクッションになり、落下の衝撃を和らげてくれたのか。振り返ると、鬼がまだ蹲《うずくま》っていた。

まばゆいライトに照らされ、目を細める。光の先で、大きな音でクラクションが鳴った。手をかざして影を作り、凝視すると、正面から大型のトラックが迫っていた。驚いた顔の運転手と目が合う。運転手が急いでハンドルを切っている姿が見えた。けたたましいブレーキ音が響いたあと、トラックの車体がゆっくりと斜めに倒れた。トラックの側面が見え始める。後ろにタンクを繋《つな》げているのがわかる。

石川は迫り来るタンクローリーを背に走り始めた。左足が思うように動かない。鬼も気がついたようで、即座に起き上がり、石川と同じ方向へと走り始めた。タンクローリーはその巨大な車体を急停止させることが出来ず、斜めになったタンク部分がバランスを崩し横転してしまう。石川はそれを避けようと試みるも、迫り来るタンクを避けきれず、路肩へとはじき飛ばされた。電信柱に頭を強くぶつけてしまう。

横転したタンクローリーは目の前を滑り続け、石川から三メートル程の距離で止まった。プシューという空気が抜ける音がしたあと、静寂がオフィス街を包みこんだ。これだけの事故だというのに、野次馬一人見当たらない。

物音がした。

見上げると横転したトラックの上に、鬼が仁王立ちしていた。石川は急ぎ立ち上がろうとするも、体が動かない。鬼はトラックから下り、石川の前に立った。

鼻を突く匂いがする。液体が流れる音の方を見ると、横転したタンクローリーから、ガソリンが漏れ始めていた。ガソリンはタンクの下に水たまりを作り、道路上にいくつかの黒い筋を作っていた。黒い筋は道路を伝い、排水溝へと流れて行く。

石川の意識が朦朧《もうろう》とし始める。近づく鬼の体から、ガソリンの匂いがした。タンクローリーと接触し、ガソリンが服に付着したのだろう。上着の裾《すそ》から、染み込んだガソリンが滴り落ちるのが見えた。

鬼は石川の頭を右手で摑み、持ち上げる。鬼の指が、石川の頭を万力のように締め付けた。

「ぐうあぁ……」

痛みが声となって口から漏れた。鬼の指を頭から振り払おうともがくも、その指はびくともしない。

頭の痛みで指先に力が入らなくなり、石川の両手は、摑んでいた鬼の右手からこぼれた。力の抜けた腕は重力に従い、下がる。その拍子に石川の左手が、自身のズボンのポケットに触れた。石川は気付き、ポケットに手を入れる。ジッポーを取り出したあと、残る気力で上蓋《うわぶた》を開ける。

その音に気がついた鬼の視線が、石川の左手に移った。石川は、ジッポーに火をつける。ジッポーを持った左手を持ち上げると、鬼の右手に炎が燃え広がった。鬼は石川を投げ捨て、火を消そうと右手を叩く。だが、炎は服についたガソリンに燃え広がり、瞬く間に鬼は炎に包まれた。

諸手《もろて》を振る鬼はよろよろとタンクローリーの方へ近づいて行く。

石川は失いそうになる意識をなんとか保ち、動かない左足を引きずりながら、乗って来た車の陰に隠れる。

ドン、と大きな爆発音がオフィス街に響いた。

焼け付くような熱風を肌で感じると同時に、石川の意識は飛んだ。

25

「相変わらず無茶やってるな」

呼びかけられ気がつくと、石川は真っ白い部屋の中にいた。物音一つ聞こえない、静かな部屋だった。

奥行きがあるのかないのか、まったくわからない。ただただ白い空間に、白いテーブルが一つと、それを挟む形で一人掛けの白いソファが二つ。目の前のソファには、男が腰掛けている。

十一年前に自殺した兄だ。

「まあ、座れよ」

目の前の兄は石川よりも若かった。おそらく、死んだ当時の二十四歳のままだ。兄は、真っ白なシャツに真っ白なズボン、真っ白な靴という服装で、この部屋に凄《すご》く馴染《なじ》んでいた。

「ここは？」

石川は辺りを見渡す。夢であろうことはなんとなく理解できた。あまりにも現実離れしているからだ。もしくはここが、死後の世界なのかもしれない。石川は先ほどの爆風で、とうとう足を踏み入れてしまったのだと想像する。

「ここがどこかなんて、どうでもいいことだよ」兄は石川の思考を読んだかのように言った。兄は足を組み直す。「お前が呼んだんだろう？」

「俺が？」

石川は動揺する。

常日頃、頭の片隅でイメージしていたことはあった。

それは、死んだ兄とコネクトしてもう一度話をすること。兄に会って何故自殺したのか、問い質《ただ》したいと思っていた。

「そうか、俺が呼んだのか」

「刑事になったんだな」

兄は微笑みを石川に向ける。久しぶりの笑顔だ。

「ああ、まあね。そんなこともわかるんだ」

「わかるに決まってるだろ。ずっと、お前のことを見ていたんだから」

石川の視界が滲《にじ》んだ。目をこすると、涙が流れていることに気がついた。

「お前が親父への当てつけで刑事になったこと。頑張って点数稼いで、捜査一課に配属されたこと。銃で撃たれ、一度死に、そして、生き返ったこと」

「――はは。何でもお見通しだ」

「まだ、お前はこっちに来るべきじゃない」

兄が真顔になって言う。

「お前にはまだ、やるべきことが残っている。それは、お前にしかできないことだ」

聞きたいことは山ほどあった。だが、その質問は今となっては全てどうでもいいことのように思えた。石川はソファから立ち上がる。

「ありがとう、兄さん。話せてよかった」

「俺もだよ」

26

目を開くとまた、天井が見えた。見慣れた天井だ。こうやってこの天井を眺めるのは何度目かと考えるが、頭がうまく働かない。

「おかえりなさい」聞き慣れた声が聞こえてくる。いつかの看護師だ。「先生、呼んできますね」

石川はその声を聞きながら、また目を閉じる。洟《はな》をすすると、音が出た。自分が泣いていることに気がついた。思うように動かない腕を動かし、涙を拭《ぬぐ》う。

肩を思い切り摑《つか》まれる。目の前に比嘉の顔があった。

「石川さん」

今にも泣き出しそうな顔で、比嘉が石川の顔をじっと見つめている。

「比嘉……」

「なんでそんなに無茶をするのよ！」比嘉が怒鳴る。「死んだら、どうするつもりだったのよ！」

比嘉が真剣な眼差《まなざ》しで石川を見つめる。涙が一筋、頬を伝った。石川はなんと答えたらいいかのわからず、頭を掻《か》く。

「もう、すでに一度死んでいる」

苦し紛れに、石川は笑った。だが逆効果だったのか、比嘉の目つきが険しくなる。

「――すまん」

石川は目を伏せる。

「石川！」

大きな音をたて、病室の扉が開かれた。立花だ。

「病院では走らないでください！」

廊下から看護師の叫び声が聞こえる。立花はそれを気にもせず、石川の傍に立つ。

「お前、大丈夫か」

「ああ、なんとかな」

比嘉が立花から顔を背ける。不自然な動きだったため、立花は比嘉の顔を覗《のぞ》き込んだ。

「――お前、泣いてるのか？」立花は驚き、茶化すように言った。

「泣いてなんかないわよ！」比嘉が大声で叫ぶ。

「院内では静かにしてください！」看護師が病室に顔を出した。

「あ、すみません……」

看護師の鬼のような形相に、比嘉と立花は静かに頭を下げた。まったく、警察の人はみんなこうなんですかとぶつぶつぼやきながら、看護師は扉を閉める。

「――今、何時だ？」

石川が不安になり、訊《たず》ねると立花が答える。

「二十二時だ。病院についてから、しばらくの間眠っていた」

「──俺は……」

石川は事の顛末《てんまつ》を思い出そうとするも、うまく記憶が引き出せない。頭を抱えていると、立花がそれを察したのか、説明を始めた。

「品川のビジネス街でタンクローリーが爆発して大炎上、近くのビルで休日出勤してたサラリーマンが通報したらしい。駆けつけた救急隊員が、車の陰で倒れているお前を発見したんだ」

「──鬼は？」

「鬼？」

「──俺の他に、誰かいたはずだが」

そう言うと、立花は合点がいったように頷《うなず》いた。

「ああ、タンクローリーの爆発に巻き込まれた遺体が一体、発見されたよ。身元も判別出来ないほど、真っ黒に焼けて炭状態だった。……お前、一体何を追ってたんだ？」

「──相模、相模は？」

石川は立花の質問には答えず、質問で返す。

「無事に保護された。今、この病院に担ぎ込まれている。これから事情聴取に入るらしい」

「──俺も行く」

石川はベッドから起き上がろうとするも、体が言うことをきかない。

「石川さん」

比嘉が倒れ込みそうになる石川の肩を抱いた。比嘉の顔が近い。涙を拭《ふ》いた跡が頬に残っていた。不意に目が合い、気恥ずかしさから逸《そ》らす。

「気がついたか」

声の方を見ると、市倉が病室に入って来るところだった。

「市倉さん」立花が振り返る。「相模の聴取、始めますか」

立花がそう言うと、市倉の顔が曇る。

「いや……。相模の聴取は、出来ない」

「え？」

石川と立花の声が重なった。比嘉は目を瞬《しばた》かせている。

「お前らだから正直に言うが、上から圧力がかかった。この件はここで、打ち止めだ」

市倉が表情もなく言った。

「上って……」立花が訊ね返す。

「思いも寄らない上の方からだよ。色々と手を回したが、八方塞《ふさ》がりだ」

市倉は俯《うつむ》いて答える。

「そんな」立花の肩が落ちたのがわかる。

「――生田、ですか？」

石川がそう言うと、市倉は驚いた。だが、すぐに元の表情に戻る。

「――石川、しばらくゆっくり休め」

「市倉さん」

比嘉が呼び止めるも、市倉は振り返りもせず、病室をあとにした。立花は石川を気にしつつも、市倉のあとを追う。

「もう何なのよ。一体、何が起こってるっていうの？」比嘉が頭を抱える。「事件は全然解決してないじゃないの。唯一の生き残りの益田さんだって……」

「益田清香が、どうかしたのか？」

比嘉の言葉に、石川は胸騒ぎを覚えた。いや、悪い予感と言い換えてもいい。

「――益田さん、容態が急変して……。つい先程、亡くなったの」


益田の遺体はすでに院内の霊安室に運び込まれていた。少しでも気を抜くと苦痛で顔が歪むが、休んではいられない。石川はままならない体を奮いたたせ、一人霊安室へと向かった。厳そかな部屋の中心で、白布を顔にかぶせた益田に手を合わせる。

比嘉の話によると、益田の母親は「これまで娘に支えられて来たから、これからは私達が娘を支える番だ」と医師に言っていたらしい。比嘉は知らないが、石川が提案した尊厳死への答えだろう。だがその後、益田の容態が急変し、そのまま息を引き取ったという。

枕元で益田の顔を見ていると、遺体を挟んだ向こう側に、死者の益田が現れた。石川が益田に気付くと、益田は頭を下げる。顔を上げた時、口元には笑みがたたえられていた。死者でこれほどの笑顔は珍しい。

「刑事さん、ですよね。枕元で聞こえてました。母との会話」

「どうも。石川と申します」

石川も頭を下げる。益田の次の言葉を待つ。

「尊厳死を提案していただいて、ありがとうございました。お母さんは反対してましたけど、私も実は、早く殺して欲しかったんです。家族に迷惑かけてまで、生き存《なが》えたくはありませんでしたから」

益田は笑顔でそう言った。その笑顔には、一点の曇りもない。石川は、少しだけ救われた気がした。

「益田さん。単刀直入にお伺いします。大林智志が殺された時のことと、あなたが殺された時のことを、詳しく話していただけませんか？」

益田の表情から、徐々に笑みが消えて行く。しばらくの沈黙のあと、益田が口を開いた。

「——あの日は雨が降っていました。大林部長に誘われてから、ずっと楽しみにしていたのでその天気を恨みもしましたが、雨で傘をさしている方が自然と顔が隠れて周りの視線を気にせずに済むと思い直しました。もし、会社の人に見られでもしたら変な噂が立っちゃうんで。それを大林部長に言ったら『君と僕がそういう関係になるわけないだろう、親子ほど歳も離れてるんだし』って笑い飛ばされました。それを聞いて、私、脈がないって気がついたんです」

益田は癖なのか、自分の耳たぶを時折触りながら話す。

「大林部長に頼まれて、奥様に結婚記念日のプレゼントを選んであげたんです。私に白羽の矢が立ったのは、私が奥様の好きなブランドについて詳しいことと、奥様の若い時に私が似ているという理由かららしいんですけど。

三十年目の結婚記念日だそうで、ブランドショップで、真珠のイヤリングを選びました。私の三十回目の結婚記念日にはこんなイヤリング欲しいなって、オーソドックスだけどワンポイントの工夫があるものを選びました。気品があるけどかわいくて、おしゃれだけど格調高い……そんなイヤリングでした」

石川は、大林から頼まれて千鶴に手渡したイヤリングを思い出していた。反応を表に出さない石川に、益田は目を見開いた。

「あ、ごめんなさい。あの日のことですよね……。

後日、大林部長はプレゼントを選んでくれたお礼にって、私が前から行きたいと言っていた人形町の洋食店を予約してくれました。それが、あの日です。

仕事終わりに二人で向かいました。とても、美味《おい》しかったです。夕食後、大林部長は川を見てから帰るって言って、その場で別れたんです。今思えば二人でいるところを他の人に見られないように気を遣ってくれたのかなって。けどその時、私もまだ帰りたくなかったから、大林部長のあとを追いかけたんです。しばらく隠れながら大林部長を追いかけてると、何だか自分が探偵になったみたいで楽しくなっちゃって。そのまましばらく、尾行を続けました。

人気がない通りに入って、雨脚が強くなったので、大林部長が高架下のトンネルに入って雨宿りを始めました。トンネルから外を覗《のぞ》いていたので、しばらくはそこから出ないだろうと思って私、背後から回って驚かそうと思ったんです。そしたら、黒ずくめの大きな男が突然現れて、目の前で大林部長を滅多刺しにし始めて……」

益田の表情が強《こわ》ばり、両手を口にあてる。その時の光景が脳裏に蘇《よみがえ》ったのだろう。瞳《ひとみ》には一杯の涙を溜《た》めていた。

「映画のワンシーンみたいで、全然リアリティがなくて。けど、何とか大林部長を助けようと思って足を一歩前に踏み出したら。背後から肩を摑まれたんです。振り返ったら、見たことのない男性が笑っていました。私に手を伸ばして、それから……。

——気がついたら、私は自分の部屋にいました。まだ意識が朦朧《もうろう》としていて、体が全然動かなくて。部屋に、さっきの男がいて、私に言うんです。『練炭と首吊《つ》り、どっちがいい？　首吊りは偽装が大変だから、やっぱり練炭かな？』って。そこから先は……覚えてないです」

益田は憂いを帯びた、吸い込まれるような視線を石川に向ける。石川は大林とコネクトする。大林が、石川の隣に現れた。大林にも、彼女が亡くなったことを報告しなければならない。

「大林さん、実は……」

石川が話しかけると、大林は横たわる益田ではなく、目の前に立つ益田を見つめていた。

「益田さん?」

「大林部長……」

「そうか。あなたも、死んでしまったんですね」

大林が肩を落とす。石川は死者である大林と益田を交互に見る。

「すみません。私のせいで、こんなことになってしまって」

大林が深々と頭を下げる。

「そんな、顔を上げてください、大林部長。私は、楽しかったですから」

「──益田さん」

大林と益田が、益田の遺体を挟んで見つめ合う。

「あの、すみません。ひょっとしてですが、あなた達、お互いの姿が見えてますか?」

石川がそう言うと、二人は頷《うなず》いた。石川は頭を掻《か》いた。死者同士を引き合わせることができるようになっていた。最近、複数の死者とコネクトを繰り返しているうちに、石川の能力が覚醒《かくせい》したのだ。感覚としては、二人が発する波長が重なるポイントを見極め、そこに石川の意識を集中させる。慣れれば二人のみならず、複数人でも可能になるかもしれない。

「益田さん。積もる話もあると思いますが」石川はポケットの中から、三枚の写真を取り出した。それぞれに清十郎、相模、佐野が写っている。「この中に、あなたを襲った男はいますか？」

益田はしばらくの間、じっと写真を見つめたあと、一枚の写真を指差した。

27

石川は病院を抜け出し、白金高輪《しろかねたかなわ》にある佐野の自宅マンションへと向かった。時刻は二十三時半を少し過ぎたところだ。佐野の住所は、喜多見がすでに調べ上げていた。

高級な作りのマンションだった。石川はエントランスで呼び鈴を鳴らす。「はい」とインターフォンから声が聞こえた。

「警視庁の石川です」

「またアポ無しですか？」

冷たい反応が、インターフォン越しに伝わる。

「すみません、忘れていました」

石川は佐野から名刺を受け取った時のやりとりを思い出した。

「最近、色々と事件が多くてドタバタしており失念していました。申し訳ございません。二、三お話を伺いたいのですが、よろしいでしょうか」

「一介の政治家秘書に、何を訊《き》くというんですか？」

「まあ、そう言わずに」

「明日ではダメなのですか？」

「お互い、早めに解決しておいた方がいい問題もあると思うのですが」

石川がそう言うと、しばらくの沈黙のあと、オートロックの扉が開いた。ロビーを抜け、エレベーターで最上階まで昇る。

佐野という表札が掲げられた部屋の前で、呼び鈴を鳴らす。すぐに佐野がドアを開けた。

「お仕事ですか？」

「早めに切り上げてください。これから、すぐに事務所に戻るので」

「当然でしょう。秘書が一人亡くなって、四苦八苦してますよ」

「こちらも早めに片をつけるつもりです。時間がないので」

その言葉に眉《まゆ》をひそめつつも、佐野は石川を招き入れる。

殺風景な部屋だった。リビングにはソファとテーブルしかない。部屋が二つ、ベッドルームと書斎の2LDKだ。ベッドルームにはシングルのベッド、書斎には机と椅子しかない。衣服は……おそらく、壁面のクローゼットに入っているのだろう。

「いい趣味してますね」

石川は部屋を見渡しながら言った。お世辞ではない。

「そんなことを言いに来たんですか？」

佐野が不快感を露《あらわ》にした。足下にはボストンバッグが置かれている。石川は肩をすくめる。

「それでは、早速本題に入ります。佐野さん、あなたは益田清香さんという女性をご存知ですか？」

「――益田？　さあ、知りませんね」

佐野の目が一瞬、泳いだ。

「知ってるって顔に書いてありますけど」

石川がそう言うと、佐野が睨《にら》みつける。

「誘導尋問ですか？　なんなら、他の刑事の方もお呼びしましょうか？」

佐野はポケットから携帯電話を取り出し、画面をいじる。石川は拳銃《けんじゅう》を抜くと、佐野に向けた。佐野は目を瞬かせ、石川の顔と拳銃を交互に見る。

「おいおい、何をふざけてるんだ。しまえよ」佐野は大声を張り上げる。だが石川は拳銃を構えたまま、じっと佐野を見つめる。「刑事が善良な一般市民に拳銃を向けていいと思うのか！」

「佐野正太郎、お前を戸口悟郎、大林智志、柿生勝、そして益田清香の殺人容疑で逮捕する」

石川は佐野に拳銃を向けたまま静かに言った。佐野は両手を挙げ、口をあんぐりと開ける。石川が一歩前に出ると、佐野が後ずさる。

「おいおい、何を言ってるんだ？　俺が人殺しだと？　そんな証拠、どこにあるって言うんだ」

佐野が必死の形相で訴えかける。石川はもう一歩、前に出る。佐野が後ずさり、壁に背を預けた。後ろを振り返り、佐野は自分が追いつめられたことを知る。小刻みに震えていた。

「三つ」石川は三本の指を立たせ、佐野と対峙《たいじ》する。「三つ、あなたを殺人犯とする証拠があります」

そう石川が言うと、佐野が息を飲む音が聞こえた。

「一つ目。佐野さん、あなたは予《あらかじ》め茅場町のホテルの従業員に接近し、指定した日時の防犯ビデオのデータを消去するよう、従業員を買収しましたね。事件のあった翌日に退職願いを出した従業員がいたので、問いつめたら吐きましたよ。名前も知らない眼鏡のスラッとした紳士風の男に依頼されて、五十万円を報酬としてもらったと」

「な」佐野は壁を背に叫ぶ。「何を言ってる？　そんなことは知らない！」

「まあ、面通しでもすればわかる話です。二つ目」石川は佐野の反応を意に介さず続ける。「益田清香を拉致《らち》したのはあなたです。鬼に襲われている大林を見つめていた益田の背後に回り、あなたはハンカチに吸わせた薬品で眠らせた。その後、眠った益田を抱え、再度大林を包丁で突き刺した。大林の死を彼女の犯行に見せかけるため、益田の衣服に大林の血液を付着させるのが目的でね。そして益田のマンションに忍び込み、練炭自殺に見せかけて彼女を殺そうとした」

佐野の目が泳ぐ。「そ、そんなでたらめ、誰が信じると言うんだ！」

「三つ目」

必死の形相の佐野を見つめながら、石川は淡々と言った。「益田清香の証言によります」

「は？　死に損ないの植物人間が、何を証言できるんだ？」

石川は自分の口角が上がるのがわかった。

「良くご存知ですね。益田清香が植物人間だと」

石川の言葉に、佐野の顔が青ざめる。口をぱくぱくとさせ、次の言葉を探している。

「鬼は髪の毛のみならず、眉毛やまつ毛まで脱毛してました。あなたはどうでしょうか。益田清香の部屋からは彼女と大林の他に、別の人物の毛髪も採取されています。まだ誰のものか確認が取れていないのですが、身に覚えはないですか？　佐野さん」

「お、俺を脅すつもりか？」

石川は拳銃をポケットに入れ、佐野に耳打ちする。

「練炭と首吊り、どっちがいい？　首吊りは偽装が大変だから、やっぱり練炭かな？」

佐野の震えが止まった。目の焦点が合わなくなり、その場に崩れ落ちるように膝《ひざ》をつく。石川はしゃがみ込み、佐野に手錠をかける。

「あいにく、戸口悟郎の件は私の捜査不足で証拠はありません。ですがもう、自白してください」

石川が小声でそう言うと、佐野はうなだれた首を微かに縦に振った。同時に、部屋の扉が勢いよく開かれた。

「石川！」

振り返ると、立花が応援の警官を引き連れていた。

28

石川は病院を出る際、「佐野が怪しい」と立花に留守電を残していた。万が一のことを考えてだ。だが、まさか即応援を連れて駆けつけて来るとは夢にも思っていなかった。よくも悪くも、猪突《ちょとつ》猛進型の男だ。

マンションを出ると、外には複数のパトカーが停車していた。赤色灯が辺りを慌ただしく照らす。立花が佐野を連れて、パトカーに乗り込んだ。それを眺めていると、石川は立ちくらみを覚える。膝が落ちそうになったところで、肩を摑《つか》まれた。見上げると市倉だった。

「大丈夫か」

市倉が訊《たず》ねる。石川は声を発しようとするも、うまく声が出ない。この数日の間に陸橋から落ち、大男にしこたまガラスに叩《たた》き付けられ、ビルの三階から落ち、タンクローリーの爆発に遭遇しているのだ。ダメージが体に蓄積され、立っているのもやっとの状態だった。

「大丈夫です。俺も、佐野の、取り調べに……」

「無理するな」

そう言うと市倉は石川に肩を貸し、車の後部座席に乗り込んだ。石川達を乗せた車は、立花と佐野が乗ったパトカーを追うように走る。

車の中で、佐野に行き着いた道筋を市倉に話す。もちろん、死者と対話をして佐野に行き着いた、とは言えない。多少の作り話とごまかしで、石川は事の成り行きを説明した。

戸口悟郎、大林智志、柿生勝が生田丈太郎の秘書としてシンガポールに海外視察に赴いた際、同行した生田清十郎が殺人事件を起こした。相模有一がそれをもみ消したのだが、全ての顚末《てんまつ》を知る戸口が、今年になってそのネタで生田を脅迫した。総裁選を控えた生田は息子の殺人事件が明るみに出ることを恐れ、戸口を殺した。念のため当時の秘書の大林も殺害、柿生に関しては不正献金の濡《ぬ》れ衣《ぎぬ》と合わせて殺した。殺したのは「鬼」と呼ばれていた殺し屋。喜多見も鬼に殺されたと言うと、市倉の顔が一瞬強《こわ》ばった。

益田清香は、大林殺害の濡れ衣を着せるために、佐野に殺された。益田の家から出た未確認の毛髪と佐野の毛髪を照合すれば一致するはずだ。

物証は少ないが、ゼロではない。推測に近い石川の話をどう結びつけ、生田まで辿《たど》り着かせるか。警察内部からの圧力もあるだろう。相手は現役の国会議員、今、最も総理に近いと言われている男だ。

石川は話し終えると、車の後部座席に身を預ける。自分の体が酷《ひど》く火照っていることに気がついた。体が重く、だるい。市倉は顎《あご》に手を当て、何やら物思いに耽《ふけ》っている。

車が止まり、肩を揺すられ目が覚める。いつの間にか眠っていたようだった。窓の外を見る。大学病院内のアプローチだった。車のドアが開き、看護師が駆けつけてくる。

「市倉さん」

隣に座る市倉が、石川の肩を叩く。

「あとは、俺達に任せておけ」

有無を言わせぬもの言いだった。市倉に押し切られると、何の抵抗もできない。石川は看護師に促されるまま、車を降ろされた。出口へと向かう車のテールランプを見つめながら、石川は自分の意識が遠のくのがわかった。

「テレビ、テレビ」

連呼する声で目が覚める。枕元で、頭に包帯を巻いた比嘉が、テレビのリモコンをいじっていた。石川は寝ぼけ眼のまま、明るくなったテレビ画面に視線を移す。

〈衆議院議員　生田丈太郎氏に任意取調〉

画面下中央のテロップが目に入り、石川は体を起こす。

「こ、これって……」

「私もよくわからないの。さっきテレビを点けて知ったばかりだから」

テレビ画面にはメインキャスターらしい男性が、中央のモニターに映る生田丈太郎の写真を見ながら、何かを話している。左上の時刻は七時十二分。石川が病院で眠っていたこの一晩の間に、市倉は生田までたどり着いたというのか。

「任せておけ」

市倉の言葉が脳裏をよぎる。石川はベッドの上で正座し、頭を下げた。

「何してるの、あなた」

比嘉が不審な目を石川に向ける。

画面が切り替わり、生田の自宅らしき建物と、生田の事務所が二画面で映し出された。左下にはワイプで、コメンテーターの顔が出た。生田の自宅前で、女性アナウンサーがマイクを持ち現場レポートを始めた。比嘉はリモコンで音量を上げる。

「――によりますと、昨日の深夜、生田衆議院議員の秘書である佐野正太郎氏が殺人容疑で逮捕されました。佐野氏は生田議員の元秘書である戸口悟郎さん、大林智志さん、柿生勝さん、そして、大林智志さんの同僚である益田清香さんの殺害に関与していたとされています。

これを受けて、警視庁は生田議員に対して任意の取調を行うと発表、現在、警察の車両が生田議員の自宅と事務所前に集まっています」

「警察が来て、どれくらいなの？」

ワイプに映るキャスターが現場のアナウンサーに話しかける。

「我々がこの現場に来たのが十分ほど前です。その時にはすでに複数の警察車両がありました。また、マスコミ各社のカメラが続々と集まって来ています」

女性アナウンサーの少し後ろで、薄い青と緑の派手なパーカーを着た金髪の女性が、ハンディカメラを片手に背伸びをしていた。

「あ」

石川と比嘉は同時に声を出す。瀬戸内だ。画面はスタジオに戻される。石川は急いでバッグの中に収めていたノートパソコンを取り出し、起動させた。瀬戸内は動画をネットでも配信していると言っていた。ひょっとしたらライブ配信しているかもしれないと考え、石川はウェブブラウザを立ち上げる。瀬戸内の名前を検索し、一番上に出た検索結果をクリックする。読み込みにしばらく時間がかかったあと、生田の自宅を映し出す動画が現れた。石川は比嘉と目を合わせる。カメラは生田の自宅玄関を映し出したまま、動きがない。

「いやあ、朝から驚きのニュースですね。今日は放送内容を一部変更してお送りしております。それにしても上北沢《かみきたざわ》さん、簡単に言うと今の生田氏の状況はどういったものなのでしょうか？」

メインキャスターの男性が、モニターを挟んだ場所で一列に座るコメンテーターの一人に訊ねた。上北沢と呼ばれた男の下に、「弁護士　上北沢肇《はじめ》」とテロップが表示される。上北沢は丸眼鏡をかけ、鼻の下に漫画のようなチョビ髭《ひげ》を蓄えていた。

「非常にまずい状態ですね。国会議員は原則不逮捕の特権がありますから、会期中は即逮捕ということにはなりません。ですが、取り調べの結果容疑が固まれば、検察は逮捕許諾請求を行うでしょう。衆議院でそれが議決されれば、生田氏の逮捕は免れません。これまでに収賄などで逮捕された現役議員は多数いますが、殺人事件は初めてです。末恐ろしい世の中になってきましたね」

弁護士がカメラ目線で語る。キャスターや他のコメンテーターは静かに彼の話を聞いていた。

「そう言えば、週刊誌にもそんなこと書いてあったわね。ほら、あの女の記事」比嘉がテレビを見ながら言った。あの女、と聞いてすぐに誰のことかわからなかった石川は、比嘉を見て首を傾げる。「あの、瀬戸内って金髪よ」

「彼女が書いた記事、読んだのか？」

「まあ一応ね。どんな記事を書いてるのか気になったから。ほら、文章も読まずに批判してもしょうがないし、読んでみて大したことなかったら、今度会った時、三流ジャーナリストって罵《ののし》ってあげられるでしょ？」比嘉はテレビに視線を向けたまま言った。

「最初は、病院に置かれてる週刊誌を読んだの。すぐにあの女の署名記事を見つけたわ。重厚な文章で、一文字も無駄が無い。男性が書いたような硬質な文体で、しっかりと対象について取材してるの。それで、さらにネットで彼女の名前を検索したら、沢山出てきた。週刊誌や新聞社に出している記事だけじゃなくて、自分でメディアを運営してて、そこで毎日記事を書いてた。編集された動画もあって、ある事件動画なんて百万アクセスを超えてたわ。ツイッターのフォロワーも三十万人近くいるのよ。信じられる？」

比嘉はしゃべりながら興奮してきたのか、身振り手振りを交えて石川に説明する。

「じゃあ、凄《すご》いんだ。彼女」

石川がそう言うと、比嘉は我に返ったのか、目を瞬《しばたた》かせ、髪の毛を耳にかけた。

「いや、そんなに大したことはないわよ」

「あ、現場に動きがあったようです」

男性キャスターが声をあげる。石川と比嘉は視線をテレビに戻した。画面が生田の自宅前に切り替わる。望遠レンズの映像なのか、粗い。カメラのフラッシュが、無数に焚《た》かれ始める。画面が揺れ、生田丈太郎の姿が見えた。自宅の玄関から出て来たところだ。

生田は下を向くでもなく、街頭演説の時に見せた威風堂々たる姿勢で、まっすぐに前を向いて歩いている。両脇に見覚えのある面子《メンツ》がいた。

「あ」比嘉が声をあげる。「あいつ、全国デビューしやがった」

右隣を歩く立花はちらちらと周りの視線を気にしているのか、落ち着かない様子だった。左隣の市倉は流石《さすが》というべきか、普段と変わらず落ち着き払い、生田をパトカーまで先導する。

市倉が後部座席のドアを開け、生田が乗り込む。逆側のドアから立花が入り、市倉は生田のあとから車に乗り込んだ。車を、多数のマスコミが囲む。フラッシュが焚かれる音、生田にコメントを求めるリポーターの声が画面から聞こえる。大量のフラッシュが焚かれ、テレビ画面は時折真っ白になる。

画面が、発進する車を近距離から映す映像に切り替わる。

「今、生田議員を乗せた警察の車が動きだしました。生田議員の表情からは特に焦りや戸惑いは見受けられませんでした。いつも通り、毅然《きぜん》とした態度です。これから生田議員は警視庁に向かい、任意取調に入る予定です」

ノートパソコンの画面も、同じように生田を乗せた警察の車を映し出していた。ぶつっと声が聞こえたので、音量を上げる。瀬戸内のしゃべり声が聞こえて来た。

「えー、今、生田が連行されて行きました。自分はまったく悪くない。お前らこれで証拠が出てこなかったら、全員の首飛ばすからなと言わんばかりに、ほくそ笑みながら刑事達を睨《にら》みつけています」

比嘉が「毒舌ね」と笑った。

瀬戸内の歯に衣着《きぬ》せぬもの言いが面白い。そう思うユーザーも多いのだろう、瀬戸内の動画サイトの同時接続数は一万人を超えていた。

二つの画面が、それぞれに走り去る警察車両を追う。遠くなる車を映しながら、「事件の真相は一体どうなるのでしょうか。今後の動きに注目です。以上、現場からの中継でした」と女性アナウンサーが締める。テレビ画面はスタジオに戻る。

「このまま、悪徳政治家に天罰が下りますように」

ノートパソコンから瀬戸内の声が聞こえる。比嘉が噴き出した。瀬戸内のサイトではまだ画面に車が見えている。先の方で画面がぶれ、ドンという大きな音が聞こえた。

「え？」

瀬戸内の声が響く。石川と比嘉はノートパソコンの画面に釘付《くぎづ》けになる。画面は瀬戸内が急いで拡大しているためか、ぼやけて焦点が合っていない。画面が揺れる。

「え、何？　事故？」

テレビでは男性キャスターが番組のスタッフから何かを言い渡され、取り乱していた。画面も切り替わり、より鮮明な映像が映し出される。道路の先で、生田を乗せた車が斜めに停止していた。その脇には四トントラックが停まっている。トラックはゆっくりと後退し、画面から見えなくなる。

ノートパソコンの画面が揺れ、瀬戸内の息づかいが聞こえる。どうやらカメラを片手に走っているようだった。画面が止まり、カメラは揺れながらも車を捉《とら》える。焦点が合い、車が映し出された。側面がへコんでいるように見えた。そこに、先程のトラックが猛スピードで衝突する。ドンッという音が聞こえ、車が横転した。

しばらくすると、トラックの運転席から一人の男が現れ、倒れた車へ向かった。野球帽を深々とかぶった、青色の作業着の男だ。男は横転した車の窓ガラスを叩《たた》きわり、ロックを外す。顔はよく見えないが、おそらく立花であろう人物が後部座席から引きずり下ろされた。カメラがズームで近づく。道路に横たわった立花は、ぐったりとしていた。次いで生田が引っぱり出される。生田は顔から道路に倒れ込んだ。瀬戸内のカメラが、その顔に寄る。ぼやけているが、鼻から血が出ているのが見えた。生田はゆっくりと体を起こし、野球帽の男に向き直る。両手を挙げ、何やら叫んでいる様子だった。カメラは声を拾えていない。相当な距離がある場所を拡大して映しているのだろう。

一発、二発と銃声が鳴った。生田がその場に倒れ込んだ。瀬戸内のカメラがぶれ、しばらくすると野球帽の男の姿を捉える。男の手には鉛色の固まりがあった。拳銃《けんじゅう》だ。

野球帽の男はその拳銃を自分の頭に向ける。糸の切れたマリオネットのように倒れ込み、遅れてパンッという乾いた音が聞こえた。画面がぶれる。また、瀬戸内の息づかいが聞こえて来る。

「何なのよ、もう。――何なのよ」

呪文《じゅもん》のように繰り返す瀬戸内の声が聞こえる。

しばらくして揺れが収まったカメラが、道路に横たわる二つの死体を映し出す。生田は仰向《あおむ》けに倒れ、眉間《みけん》と心臓部分の二カ所を的確に打ち抜かれ絶命していた。もう一体の死体にカメラが向けられる。かぶっていた野球帽は二メートルほど先に飛んでいた。瀬戸内のカメラが、男の顔を捉える。石川は画面を凝視する。

「誰よ」

比嘉が石川に訊《たず》ねた。

見覚えがある。白髪まじりの髪を後ろに流した、痩《や》せこけた男。

「陸奥だ」

筒井の街頭演説で見た、不吉な雰囲気を醸し出していた男だ。

カメラは徐々に引いて行く。トラックの脇に倒れる陸奥。そのすぐ傍で横たわる生田。銃を構えた市倉と立花が周囲を警戒しながら、陸奥の傍に近寄る映像が、ノートパソコンに映し出される。

「えーと……」瀬戸内のつぶやきが画面越しに聞こえる。「もう、何なのよ」

石川は携帯に手を伸ばす。

29

「今取り込んでるから、あとでかけ直していい？」

電話口で、瀬戸内の興奮した声が聞こえる。石川は携帯を耳と肩の間に挟みながら、靴を履く。ノートパソコンから、今携帯から耳に入った瀬戸内の声が遅れて聞こえてくる。

「知ってる。今、ネットの動画で見てるよ」

携帯を一旦《いったん》ベッドの上に起き、コートを羽織る。

「マジで？」

襟を正しているところで、画面に瀬戸内の顔が映った。カメラで自分の顔を撮影しているようだった。

「ちょっと、何するつもりなの？」

比嘉がパイプ椅子に座りながら、着替える石川を呆然《ぼうぜん》と見つめる。石川はちらりと比嘉を見るだけで、その問いには答えない。

「そっちの場所を教えて欲しい」

石川が言うと、瀬戸内はしばしの沈黙のあと、現場の住所を告げた。石川は頭の中の地図を広げる。この病院から、走れば十分程で着く。石川は礼を言うと携帯を切り、病室を走り出る。

「ちょっと！　まさか現場に行くつもり？」

比嘉の言葉が背中から聞こえる。人が少ない院内を走り抜け、外へ出る。

昨日までの疲れが嘘のように、体が軽い。道行く信号が全て青に変わる。こんなに全力で走ったのはいつぶりだろうと考えていると、不意に少年の頃、兄と競走をした記憶が蘇《よみがえ》った。

小学生の頃、学校の校庭や帰り道で、よく兄と競走していた。だが、ただの一度として勝てた記憶がなかった。スタートダッシュで出来たわずかな差が、走り続けるうちにどんどんと広がっていく。それが悔しくて、石川は何度も兄に勝負を挑んだ。

だが成長するにつれ、いつしか兄との接点は無くなり、競走する機会も皆無になった。今、兄と勝負ができたとしたら、果たしてどちらが勝つだろうか。その妄想自体が現実離れしていることに気がつき、石川は笑う。永遠に失われた背中は、もう見ることすらできない。

やがて目の前に人だかりが現れた。石川は人ごみをかき分ける。黄と黒の立ち入り禁止のテープが視界に入る。制服の警官が両手を前に出し、野次馬を制している。その中に、金髪の人影を見つけた。瀬戸内だった。

「だから、報道の自由ってもんがあるでしょうが！」

瀬戸内がカメラを片手に、立ち入り禁止のテープをくぐり抜けようとしていた。

石川は警察手帳を取り出し、胸の前に掲げる。敬礼する制服を横目に、石川は立ち入り禁止のテープをくぐり抜ける。

「ちょっと、私も中に入れなさいよ」

背後で瀬戸内の声が聞こえる。石川は振り返らずに、手を軽く挙げる。

現場は見通しのよい交差点だった。フロントバンパーがへこんだトラックが、横転したセダンを威嚇するように停まっている。

セダンの脇に、生田と陸奥の死体が並んでいた。彼らを中心に、道路には黒い血溜《ちだ》まりができあがっていた。鑑識が写真を撮り、現場の検証を行っている。石川は血溜まりを踏まないよう、注意して彼らの傍らに立つ。

生田は頭部と胸部に一発ずつ、陸奥はこめかみに銃弾を受けていた。生田は上空を睨みつけるように絶命していた。陸奥は笑いながら、横たわっている。

寒気がしたあと、石川の隣で声が聞こえた。

「何だ……これは？」

自分の死がまだ理解できていないのか、生田は自身の死体を見つめながら呆然と立ち尽くしていた。

「石川さん。ありがとうございました」

また、声がする。

振り返ると大林と益田が並んで立っていた。彼らは一礼をすると、笑みを浮かべた。徐々にその姿が虚《うつ》ろになっていく。益田が寂しそうに大林を見つめる。大林も、益田に微笑み返す。

突風が吹き、石川はコートの襟を立てる。気がつくと、目の前の二人は消えていた。

30

その日、石川は数週間ぶりに自宅に戻った。

溜まった洗濯物を洗濯機に投げ込み、帰り際にコンビニで買った缶ビールとつまみをテーブルに置く。

テレビを点《つ》け、バラエティやドラマをザッピングしていると、生田丈太郎の顔が画面に映った。先日行われた、街頭演説時の映像だ。石川はリモコンをテーブルの上に置き、ビールのプルタブを上げる。

番組では生田の華麗なる生い立ち、恵まれた学生時代、最年少で当選した衆議院選挙、資産家の娘との結婚、その後に党内の派閥争いで力を蓄えつつ現在の地位を確立したことを、当時の映像を交えながら端的に説明していた。

「よく調べてあるな。ひょっとすると、身内の誰かが口を割ったか」

石川の隣で、ふてぶてしくあぐらをかく白髪の老人がつぶやいた。石川がじっと見つめていると、「どうした？　私の顔に何かついてるか？」と、生田がドスを利かせた声を発し、睨《にら》みつける。石川はビールを一口呑んだあと、

「老け込みましたね」

と言った。生田は鼻で笑う。

「はは。もうすぐ七十だ。いつまでも若くはないよ。今までは専用のスタイリストが付いていたからなあ。人前に出るときはいつもメイクをしてた。人間、見た目が九割だ」

「残りの一割は何ですか？」

石川が訊ねると、生田はまた鼻で笑う。

「そんなもの、その場その場で変わる」

画面が変わり、生田の一人息子、清十郎の姿が現れた。最近撮られた映像なのか、警察に連行されている。背が高く恰幅《かっぷく》がいい。こうして見ると、目鼻立ちが生田に似ている。眉毛《まゆげ》の形などそっくりだ。生田はスローモーションで映し出される清十郎の映像を、じっと見つめていた。

生田清十郎は今年四十四歳。いくつになっても、父親は息子のことがかわいいのだろうか。ふと、目の前の生田と自分の父が重なった。石川はすぐさま頭《かぶり》を振る。

画面が変わり、生田を殺害した陸奥歳樹の写真が映し出された。若い時の写真なのか、石川が見かけた時に感じた覇気はなく、どこにでもいそうな青年という印象を受けた。

今回の事件を受け、警察庁長官と警視総監が辞任の意向を表明したと、ナレーターが報じた。

「まあ、当然だろう。生温《なまぬる》いくらいだ」

生田が苦虫を噛《か》み潰《つぶ》したような顔をして言った。

画面が変わる。筒井重明氏とテロップの入った人物が、囲み取材を受けていた。画面の端に、片手でハンディカメラを構える見慣れた金髪の女性の姿も見える。

「今回の事件は、非常に残念です。日本という国は、十年に一人の偉大な政治家を失いました。これはもう、歴史に残る大惨事です」

筒井が神妙な面持ちでマイクに向かい、語る。石川は寒気を覚えた。

気がつくと、石川の左隣に陸奥が現れた。野球帽に青色の作業服で、昨日の事件の時の格好をしている。それに気がついた生田が立ち上がる。

「おい……貴様、よくもまあ、私の前に姿を現す気になったな」

生田は陸奥に詰め寄る。陸奥は体育座りのまま、じっとテレビ画面から視線を動かさない。

「私を殺すことが出来て満足か？　まあ、お前も死んでるようだから、今となってはもう、どうでもいい。ただ、誰に頼まれた？　それだけでも答えろ」

陸奥は生田を見上げ、一瞥《いちべつ》すると、またテレビに視線を移し、画面を指差した。

「彼だ」

「あ？」生田がテレビ画面を見る。

「え？」石川もつられて画面を見る。

画面にはまだ、筒井が映し出されている。

「彼が、我々のスポンサーだよ」

陸奥が抑揚のない声で言った。

「あのなぁ。適当に答えればいいってもんじゃないぞ。お前は知らないかもしれないが、この筒井という男は私の一番弟子だ。私の手足だと言い換えてもいい。ふざけたことを言っていると、末代まで祟《たた》るぞ」

生田が陸奥を睨みつける。一瞬、石川は背筋に悪寒が走るほどの迫力を感じた。日本一の権力を持とうとした男の目力。だが、陸奥はその睨みにも動じる様子はない。

「生田先生の遺志は、私が引き継ぎます。私はこれまで先生の手となり足となり、微力ながらも力になってきたという自負はあります。先生が目指していた日本という国の再建を、私はなんとしてでも達成したいと思います」

画面から筒井の声が聞こえる。ほれ見てみろ、と生田が顎《あご》でテレビを指す。

「あなたがいなくなったあとの椅子に座る予定ですよ、筒井は。そのための根回しは順調です」

陸奥が表情を変えずに言った。生田は陸奥の顔を覗《のぞ》き込む。

「どういうことだ？」

「次の選挙で、筒井は国政に進出する予定です。彼ならあなたの地盤を継げるでしょう。後援会もそれを望んでいるのではないでしょうか。何と言っても、彼はあなたの一番弟子だ」

陸奥が笑った。石川は初めてこの男の笑顔を見た気がする。陸奥は続ける。

「話を持ちかけて来たのは、筒井の方からです。彼はあなたが掲げていた移民計画には反対だったし、アメリカや中国の影に日本が怯《おび》えている現状を快く思っていなかった。我々だってそうだ。目指すべき方向が一緒でした。

そこで、現在の日本を陰で動かし、表舞台に立とうとしている男、生田丈太郎が目障りだという利害が一致しました。あなたが総理大臣になれば、よほどのスキャンダルがない限り、四年は政権を維持できる。国民はあなたのようなリーダーを求めているから、当然の成り行きです。だが、筒井は四年も待てないと言いました。

だから、殺した。ただ殺すだけじゃ能がないから、あなたの権力全てを吸い上げることも同時に考えました」

「それじゃあ何か？　筒井は、最初から私を殺すために、私の権力を奪うために近づいたとでも言うのか？」

「今頃気がついたんですか？」

陸奥が笑った。生田は「貴様……」と凄《すご》む。

「『あかつき』の幹部のあなたが死んだことで、あなた達の組織も痛手を受けたのではないですか？」

黙って聞いていた石川が、陸奥に訊《たず》ねた。陸奥は石川をちらりと見て言った。

「元々、我々は人数が少ない組織です。ですが、代表の長門さんさえいれば大丈夫です。長門さんが精神的支柱となり、より賛同者が増えれば、我々は今よりも必ず大きくなる」

陸奥は自慢げに答える。テレビ画面ではまだ、筒井にマイクが向けられていた。

「今回、生田先生を殺害したのは『あかつき』という組織のメンバーだそうです。この平和な日本で、今回のようなテロは断じて許すわけにはいきません。今後、こういったテロが発生しないよう、テロ対策の法案成立についても進言していきたいと——」

筒井の発言の途中、画面がスタジオに切り替わる。アナウンサーらしき人物が机の上の書類を慌ただしく並べていた。カメラに気がついたアナウンサーは姿勢を正し、「臨時ニュースをお伝えします」と硬い表情で原稿を読み始めた。石川達はテレビの前に向き直る。

「たった今入ってきた情報によりますと、政治結社『あかつき』のリーダー、長門三郎さん六十四歳が、事務所ビルの前で倒れているところを発見されました。屋上から飛び降りるのを見たという通行人の証言もあり、警察では飛び降り自殺の可能性が高いとみて、原因を調べています。『あかつき』は、メンバーの一人陸奥歳樹容疑者が生田丈太郎議員を銃で殺害するという事件を起こし、近々警察が家宅捜索に入る予定でした」

陸奥が立ち上がる。

「な、長門さん……」

「これは……消されたな。お前のところの代表も」

生田が茶化す。陸奥は青い顔をさらに青くして、画面を見つめていた。

「な、なんで……」

「筒井に騙《だま》されていたのは、生田さんだけじゃなかったんですよ。暗殺が完了すれば、筒井にとって『あかつき』との関係は厄介以外の何物でもない。むしろ、スキャンダルの火種としてくすぶり続けるでしょう。だから、長門を殺し、『あかつき』を壊滅させる必要があった」

石川は自分の推測を口にした。当たらずといえども遠からずといったところだろう。最初はにやついていた生田も、徐々に顔から笑みが消え失《う》せた。

利用するつもりが、逆に利用されていた。信頼していたにもかかわらず、裏切られた。自分達の思惑通りに進んでいるかと思いきや、より大きな力を持つ何かに操られているだけだった。石川は両隣に座る死者の感情が自分の中に流れ込んでくるのを感じた。悪意は形となり、現れては消える。残った悪意も、より大きな悪意に取り込まれる。負の連鎖は止まらない。

缶ビールを手に取り傾けるが、滴しか落ちてこない。石川はため息をつき、呆然《ぼうぜん》とする二人の死者をよそに、追加のビールを買い出しに行くことにした。

外に出て見上げると、曇り空が広がっていた。星はまだ、見えない。

31

石川は早くに目が覚めたため、日の出前に出勤することにした。溜まっている雑務を消化するいい機会だ。もうすぐ始発が動き出す。

最寄り駅に向かう途中、背後から車のクラクションを鳴らされた。振り返ると、フロントガラス越しに、包帯を頭に巻いたままの比嘉が手を振っていた。促されるまま、石川は比嘉の赤い車に乗り込む。車内は暖房が効いていて、暖かい。

「なんでこんなに朝早いのよ」

「お前の方こそ、何をしてる」

「なんかさ、早く起きちゃったのよね。だから、出勤前にちょっとドライブでもしようかなって」そう言うと比嘉は、何かを思いついたようにポンと手を叩く。「あ、石川さんも一緒に行く？」

石川が返事をする間もなく、車は動き出した。石川は口を開きかけたが、やめた。助手席の背もたれに体を預け、シートベルトを締める。

「もう大丈夫なのか、運転なんかして」

石川は比嘉の頭に巻かれた包帯を見つめた。比嘉は恥ずかしそうに、頭の包帯に触れる。

「まだ経過は様子見だけど、レントゲンを確認した限りでは、特に異常はないみたい。人間の体って、意外に頑丈にできてるものなのね」

「それは、俺も身を以《もっ》て経験してる」

石川はこめかみの傷を指で掻《か》いた。

「そうだよね。あなた、頭に銃弾が入ったままなんだもんね」

比嘉は嬉《うれ》しそうに笑った。

「笑い事じゃないけどな」

石川は素っ気なく返す。

車は国道を進む。どこに行くのかと訊ねるも、比嘉は笑うだけで答えない。

「事件、解決したって聞いたけど、浮かない顔してるわね」

朝日が昇り始めたところで、比嘉がぽつりと言った。石川は内面を見透かされているような感覚に陥る。

「お前に何がわかるんだ」

思うよりも先に言葉が口をついて出た。比嘉は意に介さない様子で、静かに微笑み返す。

比嘉がドアの側面に備わっているスイッチを押すと、前後の窓ガラスが自動で開き始めた。冷たい二月の外気が、一気に車内に入ってくる。

「あー、寒ーい」

比嘉は楽しそうに声を張り上げる。車内の暖かい空気は一気に消え失せ、痛みを伴う寒さが石川を包む。

「おい、お前、なにやってるんだ」

「うわ、息がほら」

比嘉が石川に向かい、白い息を吐いた。その様子があまりにも子供じみていたので、石川は思わず噴き出してしまった。

「小学生か、お前は」

そう石川が言うと、比嘉は満面の笑みを浮かべた。

「ようやく、笑ったね」

朝の光に、彼女の白い肌と真っ赤な唇が映えた。石川は思わずそれに見蕩《みと》れてしまう。だがすぐに我に返り、正面に顔を戻す。

赤信号で車は停まる。サイドブレーキを引く音がする。比嘉が窓を閉める様子はない。石川は比嘉の目を盗み、バレないようにそっと息を吐く。白い息が出て、思わずほっとした。自分はまだ、生きているのだと実感した。

「石川さん。私ね」ハンドルに体を預けた比嘉が、石川の方をちらりと見る。「こんなこと言うと不謹慎かもしれないけど、事故に遭ってよかったって思ってるの」

「え？」

石川が訊ねると、比嘉はまた笑った。

「私、いつも死体を相手にしているでしょう？　彼らの冷えきった体に触れる度に、彼らの世界と自分の世界の境界線を感じていたの。生と死っていう、決して越えられない壁をね。私は彼らの死の原因を追求する。けど、そのためには、彼らが生きていた時のことを考えずにはいられない。そんな時は、生きている自分と死んだ彼らとの違いを考えるの。生きているのか、死んでいるのか。魂があるのか、魂が抜けているのか」

　比嘉が淡々と語る。まるですでにある原稿を読んでいるかのように、淀《よど》みなく言葉が出てきているようだった。おそらく、ずっと、比嘉が思い悩んでいたことなのだろう。

「彼らは二十一グラムの魂が抜けただけで、動かなくなる。一度抜けた魂は再び肉体に戻ることはない。永久に失われたまま、肉体は朽ちていく。

　けど、あなたは違った。一度死んで、生き返った。それはとても凄《すご》いことなのよ。私にはそれがとてもうらやましかった。私はその境界線に立ちたかった。人は死んだら、どこに行くのか知りたかった。私はずっと、その答えを探していたの。

　けど、自分があんな目に遭って、ようやく気がついたの。そんな境界線、ひょっとしたら存在しないのかもって。一度抜けた魂は肉体に戻ることはないけれど、この世界に魂はあり続ける。それに、気がついたの。おばあちゃんには見えてるし、お母さんだってそう。もしかしたら……」

　そう言って比嘉は、じっと石川を見た。石川は目を逸《そ》らさず、見つめ返す。比嘉がまた、笑った。

「だから私は、私にできることをやる。彼らの死体を調べて、彼らが残したメッセージを汲《く》み取る。そうして、たった一つの真実を見つけるの。それが私にできることの全てだし、そこまでが私の領域だと思うから」

信号が青に変わった。比嘉は体を起こし、サイドブレーキを下ろす。アクセルを踏むと、ゆっくりと車は発進する。

「殊勝だな」

そう言うと、比嘉が目を見開いた。

「なんか私、初めて石川さんに褒められた気がする」

そのまま、比嘉は一定の速度で車を走らせた。いつの間にか海が見える道に出る。それから、海沿いの道を延々と走り続けた。海を見ながら、石川は二十一グラムの魂のことを考える。石川に見えているのは、果たしてその魂なのだろうか。運転席に座る比嘉を横目で見る。

海水浴場の駐車場に車が停まる。広い駐車場には、比嘉の赤い車以外、一台も停まっていない。

「この下、階段下りれば砂浜」

比嘉はそう言いながら車を降りる。後部座席からダウンジャケットを取り、小走りで階段を下りる。

「危ないぞ」

石川が声をかけるも、比嘉は気にかける様子はない。石川もゆっくりと階段を下り、砂浜に立った。二月の海の空気は冷たく、波とともに吹きつける風が、コートの隙間から石川の体温を奪う。耳がびりびりと痺《しび》れるように痛い。日はいつの間にか相応の高さまで昇り、白んでいた空は青色を帯び始めていた。

「うー、寒ーい」

比嘉はそう言いながら、嬉しそうに海を見る。寄せては返す波打ち際で、水に濡《ぬ》れないように、はしゃいでいた。

「人は死んだら、どこに行くと思う？」

不意に、波打ち際で比嘉が石川に言った。

比嘉はじっと、石川を見つめている。足下は波で濡れているにもかかわらず、直立不動でその場に立っていた。石川は彼女から、目を逸らせなくなる。

比嘉の後ろには海と空があった。色で言えば同じ青のはずなのに、両者は決して混じることなく、圧倒的な存在感でその場にあり続ける。

石川もその波打ち際に立つ。足下の砂を、波がさらった。ひんやりと冷たい海水が、靴の中に入ったのがわかった。

エピローグ

頭に包帯を巻いたままだと気がついたのは、すでに現場に着いた時だった。これから髪型を直すのも面倒だし、傷口がどうなっているのかもわからなかったので、比嘉はそのまま臨場することにした。

都内とはいえ、自然が豊かな山間《やまあい》の道路だ。辺りは真っ暗で、街灯すらない。付近では野次馬もマスコミも見当たらなかった。停められたパトカーの赤色灯が、辺りを不気味に照らす。

「お疲れっス」

制服警官が、比嘉を認識して敬礼する。制服には皺《しわ》一つなく、見た目は至極まともそうな警官なのだが、いかんせん言葉遣いが悪い。比嘉は右手を軽く挙げると、そのまま立ち入り禁止のテープを胸で切る。

「ちょ、あ、あー!」

制服警官の嘆き声が聞こえたが、かまわず前に進む。

「比嘉さん、現場復帰おめでとうございます」

見覚えのある男がいた。鑑識係の山田だ。面倒見が良く、チームメンバーからの信頼も厚い頼れる男だ。手には例のジャンパーを持っている。

「あなたが入院中、鑑識係全員で裏にメッセージを書き込みました。これを着ていれば、不慮の事故に巻き込まれることもありません」

見ると裏地にびっしりと色とりどりのペンでメッセージが書き込まれていた。すでに現場検証を始めている鑑識係員達の視線が、比嘉に集まっているのを感じた。

比嘉は恐る恐る、その青いジャンパーを手に取った。山田の顔がほころぶ。同時に、比嘉はその青いジャンパーを丸め、勢いよく明後日《あさって》の方向へと投げ捨てる。

「だから、こんなの着るくらいなら警察辞めるって言ってるでしょう！　なんで私の身の安全を祈る前に、私の言うことを聞いてくれないんですか！」

山田は悲しみの表情を浮かべ、ジャンパーが飛んで行った先を見つめたまま、肩を落とした。

カメラのフラッシュが焚《た》かれている対象をよく見るために、比嘉は膝《ひざ》をつく。五十センチ程の幅、深さの道路の側溝だ。男性の胴体らしい物体が、裸で横たわっていた。傷断面の損傷が激しい。

そこから坂道を上に歩くにつれ、バラバラになった四肢が発見された。下から右足、左腕、左足、右腕の順で、すべて側溝に捨てられていた。傷口は同じく損傷が激しい。

「頭は？」

「頭部は現在捜索中です。おそらく、この近辺にあるかと」

山田が付近を見渡しながら話す。鑑識のジャンパーを着た鑑識係員達が、山間に入り捜索を続けているようだった。切断された、右腕の指先を見る。綺麗《きれい》なものだった。生きているうちに切断されていれば、こんなに綺麗な状態ではなかっただろう。

〈死後切断なら、痛みを感じずに済んでよかったわね〉

比嘉は死者に対して静かにつぶやいた。

「比嘉さん、ありました」

無線に耳を傾けている山田に促され、舗装された山道を登る。二分程歩くと緩やかで大きなカーブに出会《でくわ》した。そのカーブの真ん中の道端に、鑑識係員達が集まっている。比嘉が行くと、側溝をライトで照らしてくれた。男の頭部があった。血で汚れているのか、顔は全体的に赤黒い。様々な角度で検証用の写真が撮られたあと、網で頭部を掬《すく》い上げる。首の切断面も粗い。他の四肢と同様の手口で切断されたのだろう。比嘉はケースの中に置かれた頭部を見る。二十代から三十代くらいの男性で、髪は血のりでべったりとしていて、口は半開きの状態で、前歯がかけている。鼻も骨折しているようで、腫《は》れ上がっていた。瞳《ひとみ》の濁り具合から、おそらく死後二十四時間は経過している。

〈大丈夫。私が、あなたの無念を拾うから〉

比嘉は心の中でつぶやく。

「ご苦労様。あ、ミカちゃん。頭、大丈夫?」

捜査一課の市倉が比嘉の頭に視線を向け、自分の頭を指差した。

「大丈夫です。ご心配、おかけしました」

比嘉は頭を下げる。

「警視庁のジャンパーを着てないってことは、まだどこかがおかしいのかもな」

立花が市倉の後ろから現れた。比嘉は大きくため息をつき、立花と睨《にら》み合う。だが、そのやりとりを心地よいと感じている自分に気がつき、自然と口角が上がった。その変化に気がついたのか、立花が「お前、本当に大丈夫か?」とたじろいだ。

「遅れてすみません」

山道を駆け上って来る人影が見えた。石川だ。

「お前、今日は署内で待機してろって言っただろ」市倉があきれ顔で言う。

「そんなに手柄が欲しいのか、あ?」立花が恨めしそうに言った。

「待機してても、やることがないんで」石川は頭を掻《か》く。

石川と目が合う。比嘉の背筋が伸びた。

切断された胴体、四肢、頭部がビニールシートの上に並べられる。

「じゃあ、ミカちゃん、始めちゃって」

市倉の顔が刑事の顔つきに切り替わった。比嘉は息を飲む。

立花が死体を見てハンカチを口にあてる。経験豊富な捜査一課の刑事でも、これは堪《こた》えるだろう。この死体は、人間として扱われていない。

一通りの報告が終わり、比嘉はふと、石川の姿が見えないことに気がついた。見渡すと、頭部が発見された場所に立ち尽くしていた。側溝を覗《のぞ》くでもなく、正面を見据えている。何か独り言を言っているようでもあった。比嘉はそっと駆け寄り、石川の唇を読む。

「あなたを殺したのは、誰ですか？」

そう、石川の口元が動いた気がした。

本書は、金城一紀氏原案プロットをもとに、古川春秋氏が書き下ろしたものです。